KB117966

너의 이야기를 쓰려던 건

아니었는데

윤설야 에세이

너의 이야기를
쓰려던 건

아니었는데

윤설야
에세이

콜라주

서
문

"넌 언젠가 우리 얘기를 쓸 거 같아."

당신의 예언이 이루어지자
나는 조금 더 쓸쓸해진 셈입니다.

2022년 여름

윤설야

차례

1년.

———————————

영원히 알지 못할 욕심이 고였지

괜찮은 하루

밤의 침묵을 깨는 전화벨이 세상에서 제일 무섭다. 그런 연락은 대개 불길한 소식을 알린다.

새벽 4시경 벨 소리가 요란하게 울렸다. 구급대원이었다. 전화 속 목소리는 아빠를 큰 병원으로 모시고 간다고, 얼른 제주에 있는 가족을 부르라 얘기하곤 다급히 끊었다. 낯선 음성과 휴대폰에 뜬 아빠라는 글자는 일치되지 않았다.

어느 정도 예감하고 있었지만 이런 방식일 거라곤 예상하지 못했다. 얼마 전 새 빵집에서 일하게 되었다고 격정하지 말라고 다독이던 분이다. 아빠는 당뇨가 있었고 갈수록 몸이 쇠약해지고 있었지만 벌써 병원 침대가 어울리는 나이는 아니었다.

심근경색이었다. 오래 앓은 당뇨가 나이만큼 진행되어 몸이 하나둘 약해지고 기력을 잃어 서서히 무너지다가 심장도 고장 난 거다. 이상할 정도로 침착했다. 현실감이 없어서 오히려 담담했다. 김포공항에 나를 배웅하러 나온 은언니가 대신 울었다.

비행기에선 내게 일어날 수 있는 모든 경우의 수를 헤집어봤다. 최악은 있되, 최선은 없었다. 어떤 결과가 나오든 나빠질 일만 남아 있었다.

소식을 듣고 달려온 회사 선배님이 수술이 끝날 때까지 곁에 있어주었다. 아무것도 먹지 못한 나를 끌고 들어간 밥집에서 선배님은 하얀 봉투를 손에 쥐여주곤 말했다.

"네가 무너지면 안 돼."

그분을 배웅하고 병원 계단을 걸어 올라가며 되뇌었다.

"정신 차려야 해. 내가 무너지면 안 돼."

중환자실에 누워 있는 아빠는 내가 알던 사람이 아닌 것처럼 보였다. 핏기 없이 야윈 얼굴과 소독약 냄새. 얇은 이불 밑에 드러난 앙상한 발목과 나와 닮은 긴 발가락.

　동생과 나란히 서서 아빠가 산소마스크에 의지해 숨쉬는 모습을 지켜봤다. 동생의 차가운 손을 꼭 잡았다. 이제 이 사람을 지킬 사람은 너와 내가 될 것이다.

　심전도 기계가 만들어내는 소음. 밭은 호흡. 가래 낀 불규칙한 기침. 조심스러운 간호화 소리가 적막 속에 떠돌았다.

　병실에 사람이 누워 있는데 할 수 있는 일이라곤 낙관을 희망하는 것밖에 없다니. 나는 이 순간부터 가족을 이끌어야 하는 사람이었다. 잘될 거야, 라는 말만 할 순 없었다. 잘되게 해야 한다. 한숨만 쉴 때가 아니었다. 적지 않은 금액이 들 것이다. 현실감각이 돌아와 통장의 숫자를 헤아려봤다.

　병원 원무과에 전화를 걸었더니 '수술 비용이 아직 제대로 책정되지 않았다'란 말만 돌아왔다. 애초에 기울 것도 없는 살림이었다. 기다려보기로 했다. 아빠의 의식이 돌아오기를 기다리면서 잔고를 걱정하다니. 죄스러웠다. 나 하나 걱정하던 것과는 다른 거대한 무력감이 내려앉았다. 중환자실에서 병원 정문까지 막막함을 쌓으며 오고 갔다.

아빠는 얼마 지나지 않아서 우리를 알아보고 중환자실을 갑갑해하는 지점까지 회복하셨다. 일반 병실로 옮긴다는 것은 회복이 가까워졌다는 사실과 동시에 동생과 내가 분담해야 할 일들이 늘어난다는 뜻이었다. 주중엔 동생이, 주말엔 내가 비행기를 타고 와 간호하기로 정했다.

서울로 가기 전 동생의 스트레스를 조금이나마 덜어주기 위해 남은 나흘의 휴가 동안 내가 병실을 지키기로 했다. 잠시를 틈타 원무과에서 중간 결제를 했다. 잔고의 절반이 날아갔다. 그나마 다행이었다.

'사랑하는 사람을 지키기 위해 돈을 번다'던 만화 『허니와 클로버』의 미대생 마야마의 대사가 떠올랐다. 난 왜 그러지 못했나, 그럴 만했잖아. 나도 나만 생각하며 살았다면 지금 어느 정도 여유 있었을 거야. 왜 나만, 왜 나만. 누구나 언젠가는 아플 수밖에 없다는 걸 알면서도 그 순간만큼은 풀지 못한 질문에 대한 변명과 하소연, 억울함, 서러움이 속에서 뒤엉켰다. 능력이 모자란 것에 화가 났다.

ATM 앞에서 서성이다 밖으로 나와 병원 벤치에 앉았다. 해가 쨍쨍했다. 10미터도 되지 않는 바로 앞 정문으로 잘 차려입은 사람들이 휙휙 지나쳐갔다. 이 안은 아픈 사람과 흐릿한 사람, 지친 사람이 가득한데. 저들은 무심함도 밝아 보인다. 바로 며칠 전까지의 내 얼굴처럼.

병실에 돌아오니 아빠는 깊이 잠들어 있었다. 동생의 표정이 나와 닮아 있다.

"아빠 방금 잠드셨어. 그런데 언니, 정말 혼자 있어도 괜찮아?"

"응. 얼른 들어가서 쉬어. 씻고 드라마도 보고."

"그럼 먼저 들어갈게."

"아 참."

도라에몽이 그려진 양말 위로 슬리퍼를 신던 동생이 고개를 들었다.

"일단 아무 생각 하지 말고."

"…가서 TV 볼게."

동생은 슬리퍼를 벗더니 다시 운동화로 바꿔 신었다.

"슬리퍼 두고 간다. 내일 올 때 필요한 거 말해."

"그래. 부탁해."

동생이 가고 병원의 밤이 시작되었다. 아빠는 미음을 몇 순갈 떠 넣고 천천히 부축을 받고 일어났다. 단 몇 발자국인데 5인 병실 안에 있는 화장실이 멀었다. 치렁치

링 줄이 엉킨 수액 걸이를 변기 옆에 세워두고 물었다.

"옆에 있을까요?"

"아니. 괜찮다."

아빠가 화장실에 들어간 사이 침대 시트를 갈았다. 밤엔 이불을 하나 더 깔아두면 좋다는 옆 병실 간병인 이모의 말이 생각나서 펴놓았다. 문 안에선 아직 나올 기척이 없었다. 가볍게 두드렸다.

"괜찮으세요?"

"지금 나간다."

어깨에 걸쳐진 가는 팔을 보며 생각했다. 내가 남자였다면 화장실에 같이 들어가도 괜찮았을 텐데. 내가 가족을 꾸렸더라면 웃음소리로 곁이 덜 쓸쓸했을 텐데. 내가 돈이 많았더라면 아빠가 우리에게 덜 미안해했을 텐데.

작은 체구는 침대에 앉는 소리마저 가볍다. 아마 앞으로 더 가벼워질 일만 남았을 것이다. 500밀리미터 생수병에 빨대를 꽂아 아빠 입에 가져다 댔다. 마취 가스가 아직 몸에 남아 있는 건지, 기력이 없으신 건지 아빠는 자꾸 물과 잠을 붙잡고 있었다. 남은 네 개의 침대 주인들도 모두 잘 준비를 마쳤거나 이미 곯아떨어졌다.

"괜찮냐? 너도 좀 자라."

"네. 제 걱정 말고 주무세요."

병실의 불이 하나둘 꺼지기 시작했다. 저녁 8시였다.

잠의 기운은 전염되는지 침대 위에선 가벼운 코 고는 소리가 들렸다. 즉흥 돌림노래처럼 코골이가 늘어난다. 찬 바닥에 깔아놓은 파란 보호자용 시트는 내가 뒤척일 때마다 몸에 감겨 따라왔다. 몸이 배기고 날 선 생각들에 잠이 오질 않는다. 다시 시계를 보니 10시, 그의 목소리가 듣고 싶었다.

조심스럽게 자리에서 일어나 밖으로 나왔다. 5층 간호스테이션엔 두 명의 야간 근무조 간호사분들이 멀찍이 떨어져 얘기를 나누고 있다. 병원이 고요하다 못해 정적에 귀가 아프다.

"저 잠깐 내려갔다 오려고 하는데요. 괜찮을까요?"

"오래 걸리시나요?"

"아뇨. 바람 좀 쐬려고요."

"현관 닫혀 있을 텐데요. 뒷문으로 다녀오세요. 40분마다 혈압 체크하니까 그 전엔 돌아오시고요."

"네. 얼른 올게요."

밤의 병원은 엘리베이터 소리가 제일 큰 것 같다. 지

하로 걸어 내려가는 도중에도 뒤에서 엘리베이터 도착음이 들린다. 나처럼 한숨이 필요해 내려오거나 그 숨을 참고 올라오는 사람들이 있겠지. 소중한 이를 위해서.

뒷문으로 나오니 길옆으로 말라버린 하천이 바로 보였다. 느린 걸음을 멈추고 시커먼 하천을 마주 보다 고개를 돌렸다. 벤치 몇 개. 담배를 비벼 끄는 두셋. 새로 피워 무는 한 명.

가로등 밑에서 휴대폰을 확인했다. 아빠의 사고를 알린 후로 그와는 메시지 몇 개만 주고받았다. 괜히 감정이 격해지고 약해질까 무서워 목소리를 들을 수 없었다. 지금은 괜찮을 것 같았다. 소화불량처럼 속이 싸한데 그의 목소리를 들으면 힘이 날 것 같았다.

그의 지금 시간은 아침 10시. 나쁘지 않았다. 어둠 쪽으로 느리게 걸으며 익숙한 목소리를 기다렸다. 신호 두 번에 그가 받았다.

"괜찮아? 전화 기다렸는데."

"너야말로 괜찮아? 나가려던 거 아냐?"

"아냐. 시간 있어. 아버지는 좀 어때?"

가로등의 한 줌도 안 되는 빛이 발밑의 형태를 비추었다. 하나의 그림자가 길게 뻗어 있었다.

"응. 이제 좀 괜찮으셔. 의식도 돌아오셨고 오늘은 식사도 조금 하셨어."

"그래. 다행이다. 너는? 너는 괜찮아?"

"나는…"

그림자가 하나가 아니라 둘이었다면 어땠을까. 멀리 떨어진 그가 오늘따라 정말 멀게 느껴지지만 마음 아픈 이야기들은 하고 싶지 않았다.

"걱정하지 마. 나도 괜찮아. 진짜 괜찮아."

"옆에 있었으면 좋았을 텐데. 자꾸 걱정된다."

"아냐. 정말 괜찮아."

말이 없는 나를 대신해 그가 가벼운 수다를 떤다. 몇 년이 흐른 것 같은 오늘이, 단지 하루라고 말해주듯이. 내가 현실로 끌려왔다.

다정한 음성을 듣는 동안 땅 쪽으로 기울어졌던 몸이 조금 펴졌다. 시간을 보니 벌써 20분이 지나 있었다. 이제 들어가야 할 시간이었다.

"나 이제 들어가봐야 할 것 같아."

"나도 이제 나가봐야겠다."

"응. 내일 통화하자."

"…잠깐."

전화 건너편에선 잠시 말이 없었다.

"걱정 마. 진짜로 모두 괜찮아질 거야."

그 말이 오늘 온종일 듣고 말한 괜찮을 거란 표현 중 나를 가장 괜찮게 했다.

쓰고 뜨거운 뭔가가 올라와 잠깐 목이 잠겼다.

"고마워."

"그럼 정말 나가야겠다. 얼른 들어가서 자. 밥도 잘 먹고."

"응."

액정이 까맣게 변한 휴대폰을 잠시 들여다보고 왔던 길을 다시 되돌아 걸었다. 병원 하천을 비추는 희미한 빛의 뭉치처럼, 작고 약한 보호막으로 둘러싸인 기분이었다. 정말 모든 것은 괜찮아진다고 믿어보기로 했다.

벽이 녹아내릴 때

살다 보면 어디까지 솔직할지 선택해야 하는 순간이 온다.

솔직함을 관계의 척도라고 생각하는 사람들, 내가 이 만큼 털어놓았으니 너도 그만큼 꺼내야 한다는 무언의 눈빛은 부담스럽다. 비밀을 주고받지 않으면 그만큼 신뢰하지 못할 사람이라고 몰아가는 분위기도 맘에 들지 않는다. 슬슬 능구렁이가 되어가는지, 약점을 내놓으라 대놓고 요구하는 사람 앞에선 실실 웃으며 무마한다. 그런 인간관계를 지속하면서 내 피부 약 0.1밀리미터 표피

위로 얇은 막 같은 벽이 생긴 것 같다.

벽은 얇지만, 그동안 받은 상처들이 덧대지면서 초강력이 되었는지 잘 벗겨지질 않는다. 연애가 특히 그랬다. 질기고 두터운 벽을 두르고 앉아서는 누군가를 판단하고, 나와 잘 맞는 사람인지 재단하고 속으로 구시렁거리며 사랑이 될 만한 관계인지 맞춰보다가 제풀에 나가떨어지기도 했다. 어떤 때는 그 벽이 나를 이렇게 잘 지켜내고 있다고 뿌듯해했다.

가끔은 반대로 그 벽을 전부 찢어발기고 싶어서 나를 바닥까지 내보여줬는데 슬쩍 곁눈으로 보고 도망친 사람도 있었다. 나의 솔직함이 부담스럽단 얘기도 했다. 나는 그 사람의 벽을 통과하지 못했고 서로라는 의미도 되지 못했다. 이러다 대충 마음에 맞는 사람을 만나면 서로의 이익을 맞추고 연애라는 것을 시작하고 그게 사랑이라 생각하고 자위하면 어쩌나 불안하기도 했다.

그러나 아주 가끔, 그 벽을 밀고 들어오는 사람들이 있다. 애초에 선 하나 존재하지 않았던 것처럼, 옆에 앉아 얘기를 건네고 불을 쬐는 사람들. 그런 사람을 만나면 그저 내가 가진 온 힘을 다해 녹아내리는 것밖엔 할 수 없다.

너도 그랬다.

두 번째로 만난 34도의 더운 날. 이태원 지하철역 앞.
커다란 고목처럼 서 있던 네가 하얀 이를 드러내 보이며
다가왔을 때, 나는 주춤주춤 웃었고 쉽게 마음 주지 않
겠다며 주먹을 꽉 쥐었다. 벽을 잘 세워야지. 절대 먼저
넘어가지 말아야지. 보폭을 맞춰 걸으면서 너는 내 말에
귀 기울이려 몸을 숙였고 나는 어색한 분위기가 싫어
실없는 이야기들을 주워 담기 시작했다. 아직 나는 너를
모르니까 이건 교란작전이야. 그런 부질없는 생각을 한
것도 같다.
　사람과 사람의 관계는 너무 가까워지면 데기 쉽고 그
만큼 멀어지면 차가워지기에 가깝지도 멀지도 않은 거
리가 필요하다. 그 시간 너와 나 사이에는 적정거리가 있
었다. 멀어지기도 가까워지기도 어물쩍한 개인의 공간.
그 너비만큼 떨어져서 한 발 한 발 걷다가 저녁도 되기
전에 들어간 맥줏집에서 나는 요즘 듣고 있는 음악 리스
트들을 보여주며 나의 취향을 자랑하려 했다. 내내 부끄
럽게 웃던 그 아이가 "대단하다"라고 말하자 나는 왜 입
술이 말랐던 걸까.

해가 지자 너는 인터넷을 보면서 꼭 가보고 싶었던 음악 전시관이 있다며 여길 알겠느냐고 휴대폰을 내밀었고, 나는 불쑥 들어온 손에 허점을 찔린 듯 멈췄다가 맡겨달라고 내가 이 동네 살지 않느냐며, 길치라 초행길은 늘 헤매는 주제에 스스로 믿기지 않는 소리를 하며 여름밤의 풀냄새와 매연이 뒤엉킨 인도를 함께 걸었다. 그러다 목적지를 한참 지나친 것을 알았을 때 나는 삶은 문어만큼 붉은 얼굴로 사과했고 너는 한참 웃었다. 덕분에 이렇게 산책도 하고 좋지 않느냐며 오히려 고개 숙인 나를 위로했다.

막차 시간이 다가오자 너는 긴 지하철 통로 앞에서 손을 흔들었다. 지하로 내려가는 길이 끝도 없이 이어져 있는 건 아닐까. 그래서 넌 다시는 내게 오지 못하고 저 길은 다른 사람을 만나는 길로 통하는 것은 아닐까 안달이 났는데, 몇 걸음 내려가던 네가 하지 못한 말이 있는 듯 뒤돌아 뛰어 올라왔다.

"다시 만나고 싶어."

네가 내 손에 더운 손가락을 올렸다. 체온이 조심스럽게 스쳐 지나갔고 0.1밀리미터의 벽이, 스친 부분을 중심으로 허물어지듯 벗겨졌다. 흔적도 없이 미끄러진 벽이 바닥에 널브러져 있었다. 맘껏 솔직해지고 거리를 좁히고 싶었다. 상처 받을 것을 알아도 더 가깝게 다가가고 싶었다.

　스며들고 싶었다.

　사랑의 시작이었다.

내 안의 둥지 본능

그가 처음 우리 집에 들르기로 한 날이었다. 지구 반대편에서 누군가 오로지 나 하나만을 보고, 수고롭게 바다를 건너오고 있다. 비행기 좌석 사이에 좁다랗게 낀, 난처한 옆모습을 상상해봤다. 도대체 이게 무슨 상황인가 싶었다.

　방법만 찾는다면 원하는 만큼 오래 있을 예정이라 말했다. 이제야 슬슬 부담이 몰려왔다. 열세 시간 전만 해도 이러진 않았다. 분명히 그가 비행기표를 예매하고 시간을 알려줄 때까지만 해도 누구보다 기뻐했던 나였다.

그 사람이 지금 탑승했다고 곧 만날 수 있으니 그 전에 푹 자두라며 전화를 끊을 때만 해도 내일 만나면 뭘 할까 궁리하며 잠을 설쳤다. 그런데 실물의 그를 만난다고 하니 좋으면서 낯설다. 이 위화감은 어디서 오는 걸까. 심지어 좀 무섭기까지 했다.

그는 오랜만에 친구들을 보러 왔다가 예상치 못하게 나를 만났고, 냉큼 사랑에 빠진 나는 사는 곳이 좀 멀면 어떠냐고 배짱을 부렸다. 서로의 눈을 가린 두 사람은 겁도 없이 그가 돌아간 뒤에도 생활권과 활동 시간이 다른 만남을 이어나갔다.

그동안 장거리 연애를 이어주던 건 내 손바닥만 한 스마트폰과 얼굴 길이만 한 차가운 모니터가 전부였다. 실제로 볼 수 없다는 사실은 관계를 절실하게 만들 충분한 이유였지만, 온기를 느낄 수 없는 사이이다 보니 가끔은 AI와 연애한다는 생각이 들기도 했다. 그 사람이 마치 영화 〈HER〉의 스칼렛 요한슨처럼 정교하게 만들어진 인공지능 프로그램이라서 언젠가 이 감정과 모습을 지닌 채로 사라져버리는 것은 아닐까 상상하는 날도 있었다. 그만큼 이 상황이 비현실적이었다.

휴대폰이 드륵 하고 울렸다. 메시지가 연달아 와 있었다.

'인천공항이야.'

'짐 찾고, 유심칩 사고, 너희 집에 도착하려면 두 시간 정도 걸리겠다.'

'목소리는 만나서 들을게.'

정신이 번쩍 들어 집 안을 둘러봤다. 지금까지 안락했으며 나름대로 체계적으로 가꿔왔던 살림살이들은 너저분해 보였고, 아무 장식 없이 평범했던 집은 갑자기 밋밋하고 비루하게 느껴졌다.

뭐부터 해야 하지, 먼저 청소를 해야겠다. 그러고 보니 저녁은 뭘 먹지, 냉장고엔 뭐가 있던가. 나가서 먹어야 하나, 시켜서 먹어야 하나. 냉장고 문을 열었다가 닫았다가 다시 열어본다. 정말 청소부터 해야 하나. 화장실은 깨끗한가. 그래도 오랜 시간 비행기를 타고 온 사람인데 따뜻한 밥이 먼저 아닐까. 청소기를 쥔 손이 부엌 먼저 갈 건지 큰방으로 갈 건지 갈피를 못 잡았다.

일단 바닥의 먼지와 고양이털부터 밀어내기로 했다. 평소 보이지도 않던 장판의 눌림 자국이 눈에 들어왔다. 어쩔 수 없는 것은 일단 포기하자. 늘 하던 것보다 세심하게 바닥을 밀고 물걸레질도 했다. 조금씩 비뚜름한 수건도 반듯하게, 화장실에 질서 없이 놓여 있던 화장품도 제자리에 놓았다. 바닥에 쌓인 책들은 전부 책장에 밀어 넣고 갈 곳 잃은 CD들도 모조리 장에 쑤셔 넣었다. 앞으로 한 시간 후면 그가 도착한다는 사실이 게으른 몸을 움직이게 했다.

대충 정리를 마치고 현관으로 달려가 허리를 펴고 까치발을 했다. 내가 아니라 다른 사람의 시선으로 집의 이곳저곳을 살피고 싶었다. 처음 이 집에 들어왔을 때 어떤 느낌이 들지 그의 입장에서 보려고 이리저리 재봤지만 도통 감이 오질 않았다.

이제 그가 오기까지 30분도 채 남지 않았다. 냉장고를 열어보니 다행히 어제 사 놓은 불고기용 소고기와 양념장이 있었다. 버섯과 파를 둔탁하게 썰면서 익숙하지도 않은 요리를 시작했다. 처음부터 끝까지 내 손을 거친 것을 그의 입에 넣고 싶었다. 그가 먹을 것은 사소한 것 하나라도 다 챙기고 먹이고 싶었다.

끓기 시작한 양념장에 재료들을 넣으면서 그가 오면 뭘 하고 싶은지 나열해봤다. 만질 수 있는 거리에서 수다를 떨고 싶다. 함께 따뜻한 밥을 먹고 싶다. 피곤한 그가 식곤증에 비행의 피로가 겹쳐 선잠이 들면 이불을 덮어주고 싶다.

내 안의 둥지 본능이 발현된 것 같다. 마치 새끼를 밴 어미 새처럼 그가 언제든 편히 쉴 수 있는 깨끗하고 포근한 자리를 만들려 한다. 내 품에서 안정감을 찾길 바란다. 그가 이 공간을 맘에 들어 하고 나를 더 좋아하면 좋겠다. 누구도 아닌 나만 의지해주길 원한다. 이곳을 당신과 내가 숨을 수 있는 세계라 이름 붙이고 싶다.

퍼뜩 이 간질거리는 감정이 나를 깎아낼 것을 예감했다. 그가 오기 전 느꼈던 막연한 위화감의 정체를 알 것 같았다. 브레이크가 고장 날 테니 정신 똑바로 차리란 경고였다.

난 참아내고 있었던 거다. 한번 빗장이 열리니 막고 있던 그리움과 설렘이 온통 뒤섞여 쏟아졌다. 벌써부터 허락 없이 만지고 표현하고 품으려 했다. 이제 대책도 없이 그를 향해 나를 내던지겠구나.

오래된 초인종이 울린다. 지금까지 이 집엔 인사가 필요 없는 이들만 방문했다. 벨 소리는 맥없이 초라하고 목을 가다듬는 것처럼 쉬어 있었다. 문 뒤의 너는 다시 한 번 길게 초인종을 눌렀다. 선뜻 열 용기가 나지 않는다. 이 낡은 문이 열리면 그땐 뭔가 달라져 있을까.

불고기는 끓고 있고 벨 소리는 초조해지고 걸쇠를 여

는 나는 자꾸 널 처음 만나는 것처럼, 어쩌면 그보다 더 온몸이 간질거려 소리라도 지르고 싶다.

"잘 지냈어?"

커다란 등 뒤로 철문이 닫혔다. 그제야 그가 정말 내 공간에 들어왔다는 것이 실감 났다. 비행에 지친 얼굴엔 벌써 수염이 까슬했다. 손을 대 마구 비벼보고 싶었다.

"여기 제일 먼저 왔어."

심장이 쿵쿵이라는 말로 감당 못 하게 탕탕 내리친다. 그의 눈 주위로 가늘게 접히는 주름들을 보니 나쯤이야 더 무리해도 좋을 것 같았다. 큰일이다.

밤수영

자고로 수영이란 바다 수영이다. 누구도 알려주지 않았지만, 짜다 못해 쓰고 비린 바닷물을 마시며 스스로 알게 되었다. 말 그대로 생활 수영, 즉 개헤엄일 뿐이지만, 여전히 나는 가슴팍 부근에 염소 향 수영장 물이 찰랑일 때마다 야성적인 짠 냄새를 그리워한다. 특히 밤바다 수영을 생각하면 심장 언저리가 녹을 것처럼 흐물흐물해진다.

　바다에 푹 잠긴 나는 내가 알고 있는 나보다 훨씬 단순해진다. 근육과 뼈, 수분과 지방, 의식과 무의식까지 힘을 합쳐 물 표면에 둥둥 뜬다. 하늘도 아니고 땅도 아닌 공간에서 수평으로 나아가는 건 지면을 딛는 것과는 다른 안정감을 준다. 어디까지고 갈 수 있을 것 같다. 하지만 부표가 가까워지면 해변으로 몸을 돌린다. 위험하다면 돌아와야 한다. 돌아오는 것이 전부 패배는 아니라고 바다가 알려줬다.

초등학생 시절 나는 걸어서 1분이면 바다로 뛰어내릴 수 있는, 등 뒤에 작은 방파제가 붙은 집에 살았다. 맞벌이를 하는 부모님은 늘 귀가가 늦었고 그들의 첫째는 학교 수업이 끝나면 매일 바다로 달려갔다.

언제 버려도 아쉬울 것 없는 옷을 입고 물속으로 준비운동도 없이 뛰어들었다. 한참 둥둥 떠다니다가 집으로 돌아갈 힘도 빠지면 배가 보이게 몸을 뒤집고 상류에 몸을 맡겼다. 물길은 나를 아래로 내려보냈고 그대로 집이 보이는 앞바다까지 흘러가면 젖은 생쥐 꼴로 일어나 몸을 털었다. 시시각각 색이 변하는 하늘을 보다가 방파제로 기어 올라가면 해가 뉘엿뉘엿 지고 있었다.

돌아와선 검질°을 매고 온 할머니와 둘러앉아 저녁을 먹었다. 여름이 되면 우리의 밥상은 좀 더 풍성해졌

° 김

는데, 참외나 수박에 된장을 찍어 밥반찬으로 먹거나 내가 바닷가에서 캐 온 보말과 조개, 갓 잡아 온 겡이°로 국을 끓여 먹기도 했다.

밥상을 물리고 안끄레°°에서 TV를 보다가 지겨워지면, 아직 부모님이 돌아오지 않은 바끄레°°°로 가서 바닥에 배를 깔고 책을 봤다. 바끄레는 방 두 개와 부엌이 직선으로 놓인 빈약한 시멘트집이었지만 커튼 하나 없이 투명한 창문 속에 비치는 풍경은 선명했다. 바다의 습기로 늘 축축한 작은 방의 창문을 열면 파도 소리가 들려왔다.

해가 긴 여름 저녁, 밀릴 때마다 끼익 소리 나는 새시문을 열고 바닷바람을 맞으며 『4차원의 신세계』 같은 공상과학 책을 보다가 눈을 들면, 빛이 파란 바다가 차례로 내게 몰려왔다. 밤이 되면 까만 캔버스 위로 오징어잡이 배의 집어등 불빛이 잔잔히 흘러갔다. 그것은 빛으로 땀을 뜬 끝없는 점선 같았다.

바다는 그림이나 사진이 아니라 내 외로움 곁에서 찰

○ 작은 게
○○ 안채
○○○ 바깥채

034

랑거리는 등 뒤에 붙어 있는 생활이었다. 가족들에게도 마찬가지였다. 호텔의 요리사였지만 이직을 강요당한 아빠는 어두운 바다에 한숨과 낚싯대를 드리웠고, 엄마는 골프장으로 이른 출근을 하기 전 바다와 눈을 맞췄다. 동생은 레고 대신 모래성을 만들며 노는 꼬마였다. 우리는 성격대로 고민대로 바다 곁에 살았다.

여느 때와 비슷한, 날짜 모를 평일. 늘 바쁜 엄마가 웬일로 일찍 바끄레에 도착했다. 얼굴에 갈린 오이를 잔뜩 붙인 엄마에게서 오이비누 냄새가 났다. 이른 귀가에 매달린 유사어, 생활의 고됨이나 실직 같은 말을 알지 못하는 두 아이는 신이 나서 엄마 옆에 얼쩡거렸다.

살을 부비는 자식들 입에 오이 몇 조각을 물려주고, 엄마는 선풍기를 강풍으로 맞췄다.

"가서 노래 좀 틀라. 거기 남진 3집이랑 김란영 베스트 옆에 '그것' 좀 듣게."

얼굴이 녹색인 엄마를 대신해 안방으로 들어가 〈카페 음악〉 카세트테이프의 플라스틱 뚜껑을 열어 좁은 입구에 집어넣었다. 더블데크 카세트의 플레이 버튼이 짤각 소리를 냈고 영화 〈금지된 장난〉의 OST 〈로망스〉가 흘러나왔다. 엄마가 제일 아끼는 음반이었다.

돌아와 보니 두 사람은 바닥에 태평하게 누워 눈을 껌벅이고 있었다. 나도 곁에 드러누웠다. 습한 공기에 오래된 기타 소리가 들러붙어 축축 늘어졌다. 평화로움에 살살 졸음이 왔다.

까무룩 잠이 들었다가 깼을 때 창밖은 어두웠고 엄마는 동생의 티셔츠를 들추고 있었다. 더위와 땀띠로 얼룩진 몸이 울긋불긋했다. 오이 마사지로 촉촉해진 엄마의 피부는 반질거렸다.

"약을 발라도 낫지를 않네."

보름달이 뜬 무더운 여름밤이었다. 바닷바람도 잠잠했고 선풍기 바람도 미지근했다. 동생은 부스스 깨어 엄마의 허벅지 위에 얼굴을 대고 다시 누웠다. 귀밑머리를 쓸어 귀에 꽂아준 엄마는 이내 창문 바깥으로 눈을 돌렸다. 시간을 헤아리듯 느릿하게 접어 보이는 손가락이 나른했다.

"지금 물 들어왔는지 좀 보라."

엄마가 동생의 머리를 바닥에 조심스럽게 뉘는 동안 나는 창틀에 맨발을 올리고 밖으로 고개를 내밀어 바다의 깊이를 체크했다. 밀물 시간이었다. 잔잔한 수면 위로 배들의 빛이 넓게 퍼져 번졌고 심장은 발딱 뛰었다.

"엄마, 물 꽉 찬."

"야이 일어나라 하라, 바당°에 가게."

엄마의 등을 쫓아 동생과 내가 졸졸 창문을 넘었다. 가로지르면 5초도 안 되는 남의 밭을 조심스레 밟고 30센티미터 정도의 낮은 돌담을 넘었다. 수평선을 마주 보고 방파제 오른쪽엔 깊은 바다, 왼쪽엔 평소 조개를 캐는 수심이 낮은 바다가 있었는데, 낮은 쪽도 밀물로 인해 내 허벅지 반 정도로 물이 올라와 있었다.

엄마의 손짓을 따라 밤바다 속으로 천천히 걸어 들어 갔다. 발바닥에 닿는 자갈의 촉감이 울퉁불퉁했다. 날 카로운 바위에 다치지 않기 위해 발가락을 오므렸다.

바다는 캄캄하고 은밀했지만 어둠에 금세 익숙해졌 다. 엄마는 허리까지 올라오는 깊이에서 멈춰 동생의 두 손을 잡았고, 나는 둘이 물장구치는 동안 앞으로 향했 다. 물속의 몸은 밤이 먹어버린 것처럼 까맣게 암전됐 다. 꽉 찬 달이 내 눈을 홀렸다.

"너무 멀리 가지 마. 위험하니까 보이는 데서 헤엄치라."

"저기 방파제까지만 가게."

○ 바다

1년

멀어 보이는 방파제의 끝까지 헤엄치며 나아갔다. 수심이 내 키보다 다섯 뼘 남짓 깊어질 때쯤, 몸을 힘차게 굽히고 바닥을 짚었다. 빛이 닿지 않아 캄캄했다. 다시 솟구쳐 올라 크게 숨을 몰아쉬었다. 이번엔 발이 먼저 아래로 내려갔다. 발과 땅의 바닥이 닿자 고개를 쳐들었다. 온 몸에 가득 감긴 바다가 무거웠다. 일렁이는 달의 지느러미가 머리 위로 번졌다. 숨을 참으며 수면 위로 다시 솟구쳤다. 나를 둘러싼 달빛의 파편이 홀로그램처럼 반사됐다.

낮에 보는 바다와 밤에 감싸이는 바다가 이렇게 다르다니. 밤바다 수영이 이렇게 황홀한 줄 처음 알았다. 몸이 부르르 떨렸다. 뒤를 돌아보니 어느새 엄마가 내 곁까지 와 있었고 동생은 방파제 위에서 우리를 내려다보고 있었다.

"힘들 켜. 올라가 있어."

숨을 할딱이며 방파제로 올라간 등을 보고 엄마는 안심이 되는 듯 깊게 자맥질을 했다. 밤수영이 익숙해 보였다. 수면 위로 엄마의 하얀 두 종아리가 보였다가 순식간에 사라졌다. 내 가쁜 호흡이 가라앉을 때까지 엄마는 몇 번이나 바닷속으로 잠수하다 힘들지도 않은지 손을 뻗치며 나아갔다. 동생과 내가 잘 있는지 확인하는 것도 잊고 앞으로만 향했다. 물에 젖어 빛나는 머리카락이 움직일 때마다 바다에 반사된 달이 이지러졌다. 윤슬을 가로지르며 엄마가 나로부터 멀어지고 있었다.

엄마는 엄마가 아니었다면 더 만족스러운 삶을 살았을까. 엄마가 개인으로서의 욕망을 모두 억누르고 산다는 것을 알고 있었다. 가끔 내쉬는 한숨에 묻어 있는 서러움도 다 알면서 모르는 척했다. 가족이란 이름으로 뭉쳐 있는 시간이 조금 더 길기를 바랐다. 이기적이라도 좀 더 엄마가 내 엄마로서 남아 있길 바랐다.

무릎을 웅크리고 작아지는 뒤통수를 응시했다. 동생도 나도 그가 끊임없이 나아가는 걸 바라볼 수밖에 없었다. '엄마' 하고 부르면 돌아올 텐데, 그것이 그가 바라는 일인지 확신할 수 없었다. 그때 막연하게나마 엄마와 나는 한 몸이 아니라는 걸, 엄마는 내 엄마로만 살 수 있는 건 아니라는 걸 깨달았다. 그것이 어떤 감정인지 정확하게 몰라 약간 슬퍼졌다. 엄마는 그 순간 타인처럼 바다에 떠서 나로부터 조금씩 거리를 벌리고 있었다.

어둠이 촘촘해지고 보름달 주위 빛무리가 희뿌예졌다. 오징어잡이 배의 불빛이 가까워지고 있었다. 밤이 더 깊어진다는 신호였다. 그는 방향을 돌려 아주 천천히 우리를 향해 헤엄쳤다. 방파제로 올라왔을 땐 아까의 나처럼 호흡도 가빠져 있었다. 낯선 그가 아니라 익숙한 엄마로 돌아와 있었다.

"갈까?"

젖은 머리카락을 틀어 올리며 엄마가 물었고, 아까부터 칭얼대던 동생이 반가워 벌떡 일어났다. 나는 5분만 더 물속에 있으면 안 되냐고 졸랐다.

"그럼 우린 여기 있을 테니까 내려갔다 오라."

엄마의 허락에 동생이 몸을 배배 꼬며 주저앉았다. 결정이 바뀔세라 얼른 다시 방파제 아래로 뛰어들었다. 그리고 달을 복습했다.

아까와 같아 보이는 달. 내가 앞으로도 볼 같은 달. 내가 사라져도 여기에 있을 바다. 세상이 달라져도 생물학적으로 바뀌지 않을 우리 엄마, 내 동생. 조금씩 나아가는 시간. 변해버릴 내 몸과 마음.

마지막으로 힘차게 물속으로 몸을 욱여넣었다. 바다가 쉽게 나를 밀어냈다. 남은 시간이 아까워 수면 위에 배를 드러내고 발장구를 쳤다. 달은 천천히 확실하게 기울고 있었다. 모든 것은 이미 변하고 있었다.

너는 나를

오후에 느지막이 일어나 큰방으로 들어갔더니 그가 누워 있었다. 정신이 몽롱했던 나는 아주 잠깐 상황 판단을 했다. 맞아. 어제 새벽 그가 완전히 취해서 들어왔지.

약속 없던 금요일, 그는 오랜만에 만나는 친구들과 새벽까지 함께 있겠다며 연락했었다. 마쳐야 할 일이 있던 나는 흔쾌히 재미있게 놀라고 그를 떠밀었다.

"같이 갈래?"

"아니, 오늘은 친구들끼리 재미있게 놀아."

밤이 늦어지면 더 활기차지는 나는 어둠이 뭉그러지

게 깊어진 3시까지 띄엄띄엄 일을 하다가 유튜브를 보거나 무릎 위로 뛰어 올라오는 고양이들과 싸우거나 하면서 가끔씩 휴대폰을 확인했다. 술자리가 길어지는 것 같았다. 그동안 쌓인 이야기를 풀어놓으려면 하루도 모자라겠지. 안 가길 잘했다. 그래도 연락은 해주지, 나중에 해주겠지. 마음이 갈팡질팡할 때 전화벨이 울렸다.

"난데… 나 너 집 앞인데… 문 좀 열어줘."

엉망으로 취한 목소리에 한숨이 뒤섞여 있었다. 불규칙하게 계단을 올라오는 소리를 들으며 문을 여니 그가 와락 쏟아졌다. 한차례 희석된 술 냄새와 옷에 머문 담배 냄새, 오래된 곰팡내. 그를 끌고 방으로 들어가며 언뜻언뜻 겹쳐지는 나의 어린 새벽을 떠올렸다.

"괜찮아?"

"아… 나 속이 좀 안 좋아…."

화장실로 달려간 그가 웩웩거렸다. 소리가 여기까지 들렸다. 그 상황이 흉하지도 싫지도 않은 내가 좀 우습다. 손님용으로 장만했지만, 고양이들의 잠자리가 된 3단 매트리스를 펴놔야겠다. 까만 몸을 착 붙이고 누워 있는 식빵 같은 엉덩이를 슬쩍슬쩍 밀었더니 졸지에 잠자리를 빼앗긴 고양이 둘이 잠투정 겸 승질을 냈다. 쭈

그려 앉아 양손으로 한 마리씩 쓰다듬는데 화장실이 조용했다. 몸을 일으켰다.

정신 차리면 등짝 한 대 때려줄까 하다가 너무 그를 아이처럼 대하는 건 아닌가 화들짝 놀랐다. 넌 연인을 품어 안으려고만 하는 게 문제라고 은언니가 말했었지. 하지만 몸도 가누지 못하는 사람을 걱정하는 건 누구나 하는 일이잖아. 이건 모성애와 다르지. 하긴 그가 아들 같을 때가 있긴 하지. 변명을 덧대며 몇 번의 노크에도 꿈쩍 않는 화장실 문을 슬쩍 열어봤다. 조심스레 벌어진 문 사이에 '끼긴' 광경은 예상과 맞아 떨어졌다.

"야, 너… 자?"

"…"

그가 바닥에 엉덩이를 대고 구부정하게 대충 앉아 있었다. 한쪽 팔꿈치는 양변기 케이스에 기대고 한 손가락은 레버에 올려놓고 꾸욱 누른 상태로.

그나마 물 내릴 정신은 있구나. 생각지도 못한 부분에서 웃음이 픽 터졌다. 늘어져서 더 무거운 그를 부축하며 큰방으로 끌고 들어왔다. 매트리스에 무너지듯 누운 그가 괴로운지 끙 소리를 내며 몸을 옆으로 돌렸다.

"물 줘?"

"응… 비닐봉지도…."

"알았어."

눈은 질끈, 미간을 찌푸리고 고개만 끄덕한다. 물 한 잔 떠 오니 겨우 목만 들어 꼴딱꼴딱 마시고 그는 태아처럼 몸을 웅크린다. 안쓰럽기도 하고 귀엽기도 하다. 이게 뭔가 싶다가도 사랑스럽다. 그의 긴 속눈썹이 눈물에 젖었는지 반짝했다. 그런 상황이 아닌데 왜 이런 것도 예쁜 걸까 너는.

"불 꺼줄까?"

"응."

어두워진 방에 스며든 희미한 가로등 빛이 커다란 몸의 윤곽을 잡아챘다. 그의 하얀 티셔츠 위로 드러난 척추뼈가 동그랗게 말려 있었다. 나보다 한 뼘은 기다란 몸에 음영이 져서 암모나이트처럼 보인다. 자리를 빼앗긴 고양이 두 마리는 대충 그의 곁에 누워 다시 눈을 끔뻑거린다.

잘 자. 발소리도 나지 않도록 방을 빠져나와 침실 문을 열었다. 딸깍 소리를 내며 문이 닫혔다.

간밤의 연장일까. 그는 언제 가져왔는지 구석에 있던 빨간 철제 쓰레기통을 끌어안고 자고 있었다. 어제 건넨

비닐이 곱게 씌워져 있었다. 슬쩍 들여다보니 깨끗하다. 잠에서 깬 고양이 하나가 그의 머리 위에서, 또 하나는 그의 접힌 종아리 사이에서 목을 쳐들고 애옹거린다. 어젯밤 너희도 고생 많았다. 웃음을 참으려 입술을 꽉 오므리는데 입꼬리는 올라갔다. 이 혼란스럽고 사랑스러운 장면을 사진으로라도 남기고 싶었다.

휴대폰을 들어 각도를 잡았다. 어이없게 어울리는 셋이 저항도 하지 않고 카메라에 잡혔다. 셔터 소리가 찰칵찰칵 났을 때, 적나라한 숙취에 절여진 그가 실눈을 뜨더니 머리맡의 '요루'를 냉큼 끌어안았다. 얼떨결에 품에 안긴 녀석이 앙칼지게 아우웅 울었다.

"멋있게 찍어줘."

"나 그런 거 못 하는데."

"그럼 네가 좋은 대로 찍어줘."

"너 지금 너무 웃긴데 너무 귀여운 거 알지?"

그가 말한다.

"쪼끔."

정말 마음대로 찍는다며 휴대폰을 가까이 들이댔더니 카메라가 익숙하지 않은 것처럼 수줍어한다. 웃는 표정이 이상하다며 사진 찍을 때는 입술을 꽉 다물던 그가 조심스럽게 치아를 드러냈다. 아직 어색한 그 표정이 난 뭉클하다. 난 너에게 이제 부끄러움을 드러내도 좋을 사람인 걸까.

휴대폰을 내려놓고 매트리스 가장자리에 앉아 그의 얇은 머리카락을 쓸었다. 어젯밤이 담긴 땀이 손에 묻어 나왔다. 어제는 어땠어? 즐거웠어. 많이 마셨어? 응. 즐거웠으면 됐어. 신경 써줘서 고마워. 편안한 말들을 매뉴얼처럼 주고받았다. 그가 눈을 감았다 떴다 하는 시간이 길어졌다. 자리에서 일어나 주방으로 향하며 물었다.

"밥 먹을래?"

"아니, 나 조금만 더 누워 있을게."

"나 잠깐 일해야 하는데."

"난 쉬고 있을게."

"그래, 그럼 자고 있어."

그의 앞에 꿀물 한 잔 떠다 놓고 컴퓨터를 켰다. 그와 내가 함께 좋아하는 앨범을 틀어놓고 하얀 문서창을 열었다. 뒤통수가 따가웠다. 살짝 몸을 돌려 곁눈질을 했다. 졸음을 견디는 그의 얼굴이 시야에 잡혔다. 고개를 끄덕거리며 리듬을 타기도 한다. 누군가 내 뒤에 있다는 것이 신경 쓰여 정신의 30퍼센트를 그에게 팔면서 작업

했다.

유난히 큰 스페이스바 누르는 소리가 신경 쓰였을까. 앨범의 트랙 반 정도 넘어갈 때쯤 갑자기 그가,

"난 네가 글 쓰는 모습이 좋아."

빠른 손가락을 멈추고 그를 돌아봤다.

"갑자기?"

"응. 난 네 글이 좋아."

뜬금없는 말에 또 당했다. 그는 이렇게 가끔 예상치 못하는 순간 나를 치켜세웠고, 손사래를 치면 엄숙하게 나무랐다.

"넌 내가 쓴 글 잘 모르잖아."

"짧은 글 몇 개 알잖아."

쉬이 말을 꺼내지 못하는 나를 향해 그가 담담하게, 마치 평범한 사실이라는 듯 말을 잇는다.

"넌 계속 너의 글을 썼으면 좋겠어."

그의 눈을 쳐다볼 수 없어서 모니터를 바라보며 숨을 골랐다. 어린 시절부터 지금까지 모든 쪼그라든 고백을 담아,

"나 글 잘 못 써."

몇 번이나 들어왔을 내 솔직한 마음에도 그는 태연했다.

"넌 네가 멋진 사람이라는 걸 가끔 잊는 거 같아. 그러지 않았으면 좋겠어."

엉망으로 흐트러진 몰골로 드라마에서나 들을 법한 낯간지러운 말을 하면서도 그는 뻔뻔하고 당당하다. 그 눈에 담긴 확신에 가슴이 덜컹 내려앉는다. 아직 취기가 가시지 않은 붉은 얼굴을 하고서 고양이를 쓰다듬는 그는, 땀에 젖은 티셔츠와 반바지가 둘둘 말려 올라간 것도 모르고 있는 그는, 이제 사진을 찍을 때도 치아를 모두 드러내며 웃는 그는, 내게 깊숙하게 희망을 피우는 너는, 지금 나에게 무슨 일을 하는 줄 알고 있을까.

넌 나를 정말 멋진 사람이라고 착각하게 해. 설사 내일 꺼져버릴 기대라도 상관없도록. 너는 나를 긍정하게 해.

방으로 들이치는 햇살은 이미 한풀 꺾여 있었다. 주말의 거품은 다 가시지 않았으며, 등 뒤에선 여섯 개의 눈동자가 나만 바라보고 있다. 때 아닌 우월감을 느끼며 의자에서 내려와 그의 앞에 앉았다.

그의 손에 내 손을 포갰다. 나의 큰 손바닥도 그의 손바닥 위에선 작기만 하다. "고마워"라고 말하니 내 척추도 어젯밤의 너처럼 동그랗게 말린다. 푸석하고 긴 머리카락이 누워 있는 그에게로 흘러내렸다. 내 머리를 몇 번 거꾸로 쓰다듬더니 그는 물었다.

"저녁 뭐 먹을까?"

나는 시큰해진 코를 찡긋거리며 크게 웃었다.

"나 일 마치고."

"그래. 끝나면 깨워줘."

그가 팔짱을 끼더니 길게 뻗은 몸을 다시 웅크리고 눈을 감았다.

영원히 너는 알지 못할 내 야심이 고였지

후덥지근한 여름 저녁, 예상치 못한 약속이었어. 마른 침을 삼키고 네가 도착한다던 곳까지 뛰어갔지. 입을 벌리고 숨을 쉬느라 목이 말랐고 점막에서 비린 맛이 났어. 아끼는 티셔츠가 축축해지든 말든 상관없었지.

멀리서 뛰어오는 모습을 본 너도 덩달아 주춤거렸지. 얼굴을 보는데 안심이 되더라. 그 자리에 멈춰 숨을 골랐지. 이번엔 서로의 위치를 확인하며 걸었어. 가까워질수록 내가 좋아하는 너인 것이 확실해졌지. 너는 안 도망간다고 왜 뛰어오느냐고, 서로 어디에 있는지 아는데 너는 내게로 나는 네게로 와 중간쯤에서 만나면 되지 않느냐 말했지만, 난 너와 한시라도 빨리 만나야 했어. 접촉해야 맘이 편했어. 살갗이 닿으면 실감이 났어. 당신은 나의 상상이 아니구나 하고.

거칠어진 손에 내 손을 끼워 넣고 앞뒤로 흔들면서 느릿하게 움직였지. 남은 한 손은 어디도 스치지 않게 주머니 속에 넣었어.

너를 만난 후 손길 하나 주는 것에도 조심스러워. 내 좁은 눈길 닿는 것들은 모두 사랑받아본 것들. 이 세계의 모든 것은 누군가 사랑한 것들. 스치고 만나는 누구나 어떤 식의 사랑이라도 느껴본 사람들. 만나고 만지는 모든 것은 사랑의 흔적이야.

이토록 서늘한 너의 손을 잡으면 가끔 궁금해져. 당신은 어디에서 이렇게 나무처럼 자라왔을까. 어린 시절엔 어떤 모습으로 웃었을까. 어떤 하늘과 풍경을 보고 무슨 책을 읽었으며, 어떤 시간을 감당해 지금이 되었을까. 어떤 바람이 당신을 내게 데려왔을까.

내가 못 본 곳에서의 너는 누구를 만나고, 무슨 대화를 나눴을까. 어떤 이를 좋아하고 마음을 기댔을까. 당신이 지나온 길 위에서 만난 이들, 영향을 준 인물들, 너를 보고 느끼고 스쳐간 사람들의 무심함들이 너라는 사람을 완전하게 해.

완전했던 너도, 완전했던 나도 변해가겠지.

이미 내 몸과 마음은 얼룩덜룩 네가 묻어서 나는 지금까지의 나로 설명하기엔 모자라. 당신이 좋아하는 것을 좋아하고, 싫어하는 것을 싫어하기도 해. 조금씩 더 네가 들이차면 나는 이름은 같지만 너를 담은 다른 사람으로 태어날 거야. 그래서 네 등에 빈틈없이 몸을 붙이다가도 문득 슬퍼지곤 해. 우린 시간이 지나면 삶의 과정이 되는 걸까. 완전함의 일부로 남는 걸까.

언젠가 당신과 나의 사랑이란 생물도 멸종되겠지. 다른 생명으로 태어나기 위하여 긴 잠을 잘 거야. 깨어나도 너무 달라진 우릴 못 찾을 수도 있어. 그럼 오늘처럼 손을 잡고 엄지로 너의 생명선을 쓸어내리며 우리의 끝은 이쯤 어딜까 짐작하는 일도 할 수 없겠지. 나는 또 언제가 될지 모르는 새로운 사랑의 첫 줄을 써 내려가야 하나 싶어서 슬퍼하겠지.

만약 그런 날이 온다면 너와의 시간들을 잘게 쪼개어 아무도 모를 깊숙한 곳에 묻어둘게. 또 누군가를 사랑하게 되더라도 비가 오는 날이나 너와 걸었던 거리를 걷을 땐 둘만의 수신호를 할게. 온전히 우리 둘의 것이었던 널 잊지 않고 있다는 손짓을 보낼게.

그때가 오기 전까진 할 수 있을 만큼 네게 몰입하며 너를 모아둘게.

비밀을 숨기기 위해 나는 아무 이야기든 꺼냈어. 무엇 하나 모르는 눈으로 너의 안색을 살폈고, 깍지 낀 손끝이 하얘질 정도로 거머쥐었지. 아야. 소리 내는 너에게 아프냐고 물었지만 풀진 않았지. 포개진 손 사이 비집고 들어갈 수 없는 작은 틈만큼, 영원히 너는 알지 못할 내 야심이 고였지.

결혼식과 모래사막

흰 드레스가 눈부시다는 말이 딱 어울리는 신부였다. 오래된 동생이자 친구인 E는 대기실에서 모르는 얼굴들과 돌아가며 사진을 찍고 있었다. 온통 하얀 오브제와 꽃에 둘러싸인 E가 아름답기도 하고 어색하기도 했다. 이래선 사진 한 장 못 찍겠다 싶어 쭈뼛대며 옆에 섰다.

E가 작은 목소리로 물었다.

"오늘 피로연 오실 거죠?"

"응, 가야지."

또 다른 주인공 신랑 Y오빠는 하객들을 맞느라 정신

없어 보였다. 두 사람을 소개해준 것이 나였다. 3년 전 각자의 이유로 마음 상한 둘을 만나게 해줬는데(심지어 E는 생애 첫 소개팅) 그 결과가 오늘의 결혼식이었다.

커다란 유명 호텔에서 치르는 결혼식을 경험한 것이 처음은 아닌데 유난히 묘한 기분이 들었다. 지금 내 곁엔 그가 있다. 청첩장을 받던 날, 옆에 앉아 있던 그도 결혼식에 초대받았다.

식순이 진행될 때마다 새롭게 놀라며 열심히 손뼉을 치고 있는 그를 보니 심경이 복잡해졌다. 그는 지금 무슨 생각을 하고 있을까. 내 속만 시끄러운 건가 싶어 조금 분했다.

어색하게 끼어 단체 사진을 찍고 양이 모자란 코스 요리까지 먹고 복도로 나오는데 한복을 곱게 차려입은 E가 자기 어머니께 나를 소개했다.

"엄마, 이분이 오빠랑 나랑 만나게 해줬어."

E의 어머니가 덥석 내 손을 잡았다.

"정말 고마워요, 내 은인이야. 정말. Y서방이 얼마나 좋은 사람인지 몰라."

꽉 잡은 손이 너무 뜨거워 오히려 어떤 말을 해야 할지 몰랐다.

"아니에요, 어머니. 만날 사람들이 만난 거죠."

의례적인 대답을 내놓으며 나는 두 사람을 잇기 위한 인연의 도구로서 할 일을 다 했다고 생각했다. 피로연 장소로 가기 위해 호텔을 빠져나오는데 벌써 하늘이 붉었다.

작은 펍 2층을 다 빌렸다더니, 이미 그만큼의 사람들이 와 있었다. E와 Y오빠 두 사람 다 결혼 적령기에 맞춰서 딱 결혼한 커플, 즉 친구들 역시 그 시기의 남녀가 많았다. 엄숙했던 사람들을 가벼운 자리에 꺼내 놓았더니 알 듯 말 듯한 분위기가 흘렀다. 아직까진 쉽게 묶이지 못하고 시선을 탐지할 뿐이었지만.

그와 나는 벽에 기대 묘한 기류들을 센서처럼 감지하며 소곤거렸다. 이미 지나간 과거가 눈앞에 나타난 기분이라 맘이 간질거렸다. 처음 만났을 때 우리도 비슷했겠지.

오늘의 신부 E가 등장하자 자리에 모인 사람들이 요란스럽게 환호했다. 곱게 올려 묶었던 폐백용 머리도 다 풀어헤치고 가벼운 옷차림이었다. 빠른 걸음으로 우리가 있는 자리까지 온 E가 의자 밑에 있는 나무상자를 끌어냈다. 덮여 있는 천을 걷어내니 샴페인이 틈 없이 가득했다. E는 손나팔을 하고 홀에 있는 모든 사람이 들을 수 있게 외쳤다. 오늘 들은 그의 목소리 중 가장 컸다.

"여기로 모이세요!"

옆에 있던 내가 어마어마한 박력에 움찔하자 E는 영혼 없이 말했다.

"언니, 나 지금 술이 진짜 필요해요. 남들이 안 마시면 내가 다 마실 거야."

사람들이 모여 앉자 E가 첫 번째 샴페인 병을 들어올렸고 능숙하게 코르크를 돌려 열었다. 경쾌한 뻥 소리와 함께 흘러내린 샴페인이 E의 구두를 적셨다. 마치 영화의 오프닝처럼.

"이게 내가 꿈꾸는 결혼식 최대의 사치예요. 친구들이랑 모자라지 않게 샴페인 마시는 거. 나중에 결혼하면 꼭 해봐야지 했는데 소원 이뤘네."

긴 테이블을 중앙에 두고 E와 Y의 친구들이 둘러앉았다. 우린 모두 E가 따라주는 샴페인을 손에 들고 새로 태어난 부부와 건배했다. 그는 아는 사람이라곤 나밖에 없는 이곳에서도 남들이 하는 행동들을 줄곧 따라 하며 스스럼없이 행동했다.

가볍게 술이 들어간 사람들은 이제 어색함을 걷어내기 위한 대화를 시도하고 있었다.

"뭐 하시는지 물어봐도 될까요?"

"승무원이에요. 그쪽은…"

"아, 저는 강남에서 학원 강사 하고 있어요."

"오빠는 나랏일 하고 있지?"

서로를 알 수 있는 건 신랑 신부의 친구라는 피상적인 공통점밖에 없다 보니, 모인 이들은 어쩔 수 없이 자신의 기본 정보들을 드러냈다. 누군가의 목소리는 작아지고, 또 어떤 자의 목소리는 커졌다.

아직 회사라는 무리에 속하지 않은 그는 명확한 음성을 내지 못하고 있었다. 괜한 자리에 데려왔나 싶었다. 이런 내 마음과 달리 그는 태연하게 두 번째 잔을 비워내곤 화장실에 간다며 자리에서 일어섰다.

탄산이 덜하다는 고급 샴페인은 금방 동이 났고 이제 사람들은 테이블에 새로 올라온 레드와인을 마시며 치즈에 손을 뻗었다.

와인이 비워지는 동안 레크리에이션을 공부했다는 E의 친구가 유명인 성대모사를 했고, Y오빠의 지인들은 모여서 다음엔 산에 가자고 약속을 잡았다. E와 같은 일을 한다던 친구 무리들은 회사 정보를 나눴다. 모두 자신이 속한 집단의 이야기를 하느라 바빠 보였다.

난 그동안 E와 Y오빠 두 사람의 단편만을 보고 있었단 생각이 들었다. 이렇게 다양한 사람들과 친구를 맺으며 번듯하게 사회의 구성원으로서 살고 있었는데 그걸 나만 몰랐구나. 옛 추억을 나누며 시시껄렁하게 노닥거리던 친구들이 알고 보니 한 발짝 높은 계단 위에 사는 걸 이제야 눈치 챈 기분이었다.

그가 없는 옆자리를 채우는 질문들에 마음 없이 대답하며 휴대폰을 켜봤다. 10분이 지나 있었다. 곧 오겠다더니 생각보다 오래 걸렸다. 아직도 비지 않은 샴페인 잔을 들고 자리에서 슬쩍 일어났다. 그를 찾는다는 핑계로 어둑해진 생각에서 벗어나고 싶었다.

두꺼운 유리문을 열고 밖으로 나갔더니 그가 1층 야외 빈백에 한가롭게 누워서 영화를 보고 있었다. 찻길 바로 옆에 있는 가게라 자동차들이 도로를 내달리는 소음이 다 들렸다. 제대로 집중이 되나. 철제 계단을 내려가는 내 구두 소리가 유난히 크게 들렸다.

바닥을 꽉 채운 널따란 인조잔디를 밟으며 그에게 다가갔다. 그는 스크린을 뚫어지게 바라보고 있었다. 내가 옆에 온 것을 알고 있으면서도 눈을 떼지 않았다.

"뭐 보고 있어?"

대답 대신 손으로 비어 있는 자기 옆자리를 툭툭 내리친다. 따라서 앉았더니 엉덩이가 푹 꺼졌다. 어쩔 수 없이 빨간 빈백에 온몸을 파묻은 모양새가 됐다.

"나 이 영화 진짜 좋아해. 너도 봤어?"

영화는 우디 앨런 감독의 〈미드나잇 인 파리〉였다. 경쾌한 스윙이 쏟아지는 댄스홀에서 다시 만난 두 사람 '길'과 '아드리아나'가 서로를 향한 호감을 드러내는 장면이었다.

나는 화면과 그의 왼쪽 얼굴을 번갈아보면서 꼼지락거렸다.

"오늘 재미있었어?"

"응? 왜?"

"혹시 불편하거나 그런 건 없고?"

영화를 보던 시선이 겨우 내 얼굴에 안착했다.

"오히려 나 신경 쓰느라 네가 불편한 건 아니지?"

그 한마디에 종일 불편했던 마음속 거스러미를 발견했다. 처음 만나는 사람들 사이에서 그가 위축되진 않을지, 잘 섞여 들어갈 수 있을지, 그들이 나와 그를 어떻게 판단하고 있을지, 필요 없는 것들을 헤아리다가 정작 제일 중요한 것을 놓친 기분이었다.

"난 좋아. 멋진 결혼식도 구경했고, 맛있는 요리도 먹었고, 또 덕분에 이렇게 너랑 좋아하는 영화도 볼 수 있고."

어디서든 남의 눈치를 보는 나는 어떤 상황에서도 숨은 즐거움을 찾아내는 그가 놀랍다. 가끔 신기하기도 하다. 아무리 머리를 굴려봤자 해답을 찾아내지 못하고 아래로 곤두박질치는 사람이 나라면, 해볼 수 있는 것은 조용히 시도하고 그 자리에 있는 기쁨을 발견하는 것이 그다.

그렇다고 마냥 즐겁기만 할까. 자신의 길 위에서 안정된 사람들을 보며 마음이 꺾인 건 아닐까. 이런 얘기를 털어놓으면 오히려 오늘이 각인될까 우물쭈물했다.

걱정을 덜어내듯 그가 밝게 말했다.

"너는 주위 친구들도 멋있더라."

"나도 오늘 처음 보는 사람들이 많아. E랑 Y오빠가 멋있는 사람들인 거지."

"그 사람들이랑 친구니까 너도 멋있는 거지."

"그럼 나랑 만나니까 너도 역시 멋있는 사람인 거네?"

"음, 그렇지."

그게 무슨 논리냐고 웃음을 터트리는데 그가 그런 게 있다며 깊게 몸을 누인다. 그를 따라 등을 기대며 나는 장난처럼 내일이면 후회할 말을 툭 내뱉었다.

"우리도 커플 아이템 같은 거 할까?"

"어떤?"

"뭐… 반지나, 목걸이나 아니면 가방 같은 거라도….'

결혼식을 본 까닭일까. 그에게 작은 소속감이라도 주고 싶었던 걸까. 어떻게든 그를 붙잡고 싶은 나의 욕심을 그가 알아챌까. 감당하지 못할 말은 자꾸 횡설수설하며 뱅글뱅글 돈다.

"아니, 네가 불편하면 괜찮지만, 그래도 너 얼마 안 있으면 다시 가야 하고…."

"꼭 새로 사야 해?"

싫어 아니면 좋아, 혹은 난처한 표정을 예상했던 나는 말문이 막혔다. 내가 어물거리는 동안 그가 내 왼쪽 종아리를 쥐어 자신의 무릎에 올려놓았다.

"난 이거 좋은데, 나눠서 낄까?"

그가 가리킨 것은 내 발목에 끼워진 한 쌍의 발찌였다. 가는 로프로 만들어 튼튼했고 중간에 파이프 장식은 은이라 녹이 슬 염려도 없었다. 한번 채우고 나면 신경 쓰지 않아도 되는, 실제로 그를 처음 만나기 전부터 지금까지 한 번도 빼지 않았던 내 몸처럼 익숙한 아이템이었다.

"이걸? 더럽잖아."

당황한 나와 달리 그는 태연했다.

"샤워 잘하는데 뭐가 더러워. 난 이게 좋아."

"하지만…"

"새 건 별로야. 늘 하던 것이 의미 있지."

연인들이 나눠 끼는 평범한 징표가 가지고 싶었는데. 새로운 의미를 가득 담아서 그를 묶어두려고 했는데. 너는 이런 면에선 투명하기만 하다. 하긴 그게 내가 널 좋아하는 이유 중 하나지.

"이래야 내가 없던 시간의 너도 기억할 수 있잖아."

결국 항복하고 만다.

그에게는 보이지 않게 나누어 한숨 쉬며 허리를 굽혔다. 높은 무릎 위에 어설프게 올라가 있는 종아리를 내려놓고 발목의 가는 끈 두 개 중 까만색 실을 끌러 손목에 채워줬더니 딱 맞았다. 이리저리 돌려가며 확인하는 그에게 말했다.

"너, 근데 그거 알아? 그 발찌, 내가 3년 넘게 찼는데 엄청 튼튼해서 일부러 자르기 전엔 절대 안 끊어져."

"와, 더 좋네?"

그에겐 들리지 않도록 임의로 생략한 말. 나는 질기게 네 곁을 따라붙을 거야. 어쩌면 억지로 잘라내도 꼭 붙어 있을 거야. 내 시커먼 속내를 알고 말하는 건지.

"이건 너 줄게."

그가 티셔츠 안에 늘 차고 있던 가늘고 기다란 체인 목걸이를 나에게 걸어주었다. 펜던트만 바뀌어 있었다. 갈색의 호안석을 깎아 만든 수정 모양 펜던트가 언밸런스했다.

"그거 너 주려고 샀어."

목걸이에 묻은 땀 때문인지, 밤의 습기 때문인지 목덜미가 축축해졌다. 길게 늘어져 가슴 한가운데에서 대롱거리는 육각의 원석을 엄지와 검지로 살살 매만졌다. 매끈한 면을 따라 흘러내린, 이름 붙일 수 없는 울렁울렁한 뭔가가 속에서 올라갔다 내려갔다 했다.

그는 내 머리를 자기 오른 어깨에 올려놓더니 이어서 긴 팔로 등을 감싸 안았다.

"영화 보자."

빔프로젝터의 가는 빛이 다다르는 스크린 속에서 영화는 막바지를 향하고 있었다. 과거에 살지 말고 현재를 바라보라는 '길'의 부탁에도 불구하고 벨에포크에 머물기로 한 '아드리아나'. 그는 사랑 대신 환상을 선택하며 주인공에게 작별의 키스를 건네고 돌아섰다. 난 그 선택이 마뜩찮다.

'난 사랑이 훨씬 중요한걸.'

서로에게 기댄 채 남은 영화를 봤다. 두 사람의 무게를 감당하지 못하는 싸구려 빈백에선 마른 모래 소리가 났다. 천천히 우리는 아래로 밀려 내려갔다. 무릎에 힘을 주고 버티는 불편한 자세였지만 이대로 좋았다.

문득 생각했다. 여기가 사막이라면. 깊고 커다란 모래 구덩이가 생겨 서서히 너와 나를 빨아들인다면 어떨까. 우리는 어디로 쓸려가게 될까.

익숙한 팔에 기대 고개를 들었더니 쨍한 밤 인공위성 하나가 빛났고, 내 등 뒤로는 목적지가 분명할 자동차 한 대가 쌩 소리를 내며 겁도 없이 빠르게 달렸다.

아직 아무것도 변하지 않았다

서울에 살면서 청계천 시작점이 어딘지도 모르는 나는 종로에서 그와 만나기로 해놓고 길을 헤맸다. 겨우 도착한 약속 장소, 시간을 확인하며 퉁퉁 부은 볼을 머리카락으로 감췄다. 가벼운 임파선염에 걸렸는지 귀밑이 땡땡했다. 하필 오늘. 좋은 모습만 보여줘도 모자랄 판에.

그가 어디에서 나타날지 몰라 주변을 둘러보다 한곳에 눈이 멈췄다. 멀리서 다가오는 그 사람의 얼굴은 왜 그렇게 한 번에 알아보겠던지. 영화나 드라마에서 나오는 표현들은 과장이 아니라 보편적인 사실이라는 것을 깨달았다.

토요일 오전, 한가롭게 걷는 사람들 사이에 껴서 청계천 길을 걸었다. 얼마 후 이 사람은 다시 돌아가야 한다. 그에게도 포기할 수 없는 그의 생활이, 나에게도 나의 일상이 있었다. 그도 여기서 다시 살기 위해 가능한 수를 알아보고 시도해봤지만 복잡한 서류와 현실에 막혀 남은 학업은 돌아가서 마쳐야겠다는 결론이 나왔다고 했다. 이해할 수 있었고, 이해해야만 했다.

손을 잡는 대신 몸을 밀착해서 팔짱을 꼈다. 몸이 닿는 면적이 훨씬 커서 그의 체온이 더 느껴지는 것이 좋았다. 긴 팔을 접어 안으며 팔뚝의 여린 살을 엄지로 가만가만 문질렀다. 그의 팔 안쪽에는 커다란 타투가 하나 있었는데 기도하는 손목 아래로 커다란 추가 매달린 모양이었다. 언젠가 그에게 뜻을 물었다. 모든 희망에는 고난도 함께 있으며 복과 화는 번갈아 온다는 의미라 답해주었다.

이미 그를 만났으니 복은 온 것 같은데 떨어져서 지내야 하는 것이 고난인가. 단순한 생각을 하면서 팔을 더 꽉 끌어안았다. 가끔 눈을 마주치며 앞을 향해 걷다가 나는 뻔하고 절실하게 의뭉스러운 질문을 했다.

"너는 나중에 어디에서 살 거야?"

그는 내 질문의 의중을 알고 있다는 듯이 대답에 잠깐 시간을 두었다.

"글쎄 일단 공부를 끝내고 난 다음에 생각해봐야 할 거 같은데."

나는 다시 돌아오면 어떠냐고 장난스럽게 받아치려 했지만, 선수를 빼앗겼다.

"이 과정을 마치면 전 세계를 돌아다니면서 살고 싶어. 여러 나라에서 일해보고 싶고. 내가 한 일의 결과물이 사람들에게 도움을 주고 그로 인해서 나도 행복해지는 삶을 살고 싶어."

원하는 답이 아니었다. 다른 나라 파견업무 그딴 거 말고 몇 년이 지나더라도 좋으니 다시 이곳으로 돌아올 거란 확신이 필요했다.

나 역시 전 세계를 돌아다니며 글을 쓰고 싶다는 희망은 품고 있었지만 그것은 이루어질 가능성이 적은 진짜 희망일 뿐, 현실의 나는 하루하루 겨우 글을 쓰는 프리랜서에 지나지 않는다. 더불어 며칠이라도 일을 하지 않으면 언제 자리를 내려놔야 할지 모를 하루살이와 같은 삶을 살고 있는데, 너는 세계를 돌아다니며 꿈을 이루겠다니. 머리를 아무리 굴려보아도 그를 따라 전 세계를 유랑하는 내 모습이 그려지질 않았다.

번뜩 그가 꿈꾸는 미래에 나는 없을지도 모른다는 생각에 마음이 덜컹 내려앉았다. 그의 막연한 꿈속 동반자는 빈칸으로 지워져 있는 건 아닐까.

어디에서 살아도 청계천처럼 긴 산책로가 있는 곳이면 좋겠다며 그는 웃어 보였다. 아이는 둘. 긴 자전거에 태우고 다닐 거야. 경치 좋은 곳에서 가족끼리 둘러앉아 피크닉을 가고 함께 좋아하는 노래를 듣기도 하겠지. 치열하게 일하다가 주말이 되면 평화롭게 쉬기도 하면서. 그러다 나이가 들면 고향으로 돌아가서 조용히 과거를 돌아보며 살지 않을까.

하나같이 어딘가에서 본 듯한 영화 클리셰처럼 판에 박힌 꿈 이야기를 들으며 그가 바라는 미래와 곁에 있을 사람을 상상했다. 지금 아무리 그의 피부를 어루만지며 감촉을 새긴다 해도 언젠가 또 다른 사람이 나처럼 물어볼지 모른다. 이 타투의 뜻은 무엇이냐고. 난 아직 오지도 않은 날과 얼굴도 모를 그를 질투했다.

혹시 너의 미래에 나는 없느냐고 묻고 싶었지만 원하는 대답이 돌아오지 않을까 두려웠다. 구차해질 침묵도

겁이 났다. 그런 말로 부담을 건네자마자 우리가 묵직해질 것 같았다. 나는 거리낌 없이 그가 내 일상에 더 들어오고 서로를 책임지며 새로운 관계로 발전되길 바랐지만, 그는 원하지 않을 것 같았다. 나의 모든 행동과 말이 그에게 지겨운 일, 무서운 일이 될까 봐 말을 아꼈다. 내가 가질 수 있는 것은 지금, 이 순간밖에 없었다.

아직 아무것도 변하지 않았다. 스스로 위안하며 퉁퉁 부은 볼을 끌어올려 미소 지어봤다. 림프샘에서 고름이 흐르는지 짠맛이 났다. 잘 웃어지질 않았다.

카
레
의
식

우울할 땐 카레를 만든다.
양파와 당근, 감자를 썰어놓고 샛노란 카레가
냄비에서 보글보글 소리를 내며 익어가는 것을 본다.

한 요리 연구가의
"힘들 땐 카레를 먹으며 버텼다"라는 얘기를 들은 뒤로
나는 우울한 계절이 되면 카레를 만들었다.
밥에 카레를 비비는
간단한 일로 행복을 떠먹을 수 있다니.

두려운 기억과 가라앉는 감정을 넣고
달그락 끓이다 보면,
카레는 내 괴로움을 품은 채로 뭉근해진다.
그 냄새를 맡으면 중력에 축 처진 내 어깨도,
조금씩 제자리를 되찾는 것이다.

컴퓨터를 켜고 좋아하는 영화를 보며
카레 얹은 밥을 크게 입에 담았다.
마음이 작게 몽글몽글 떠오른다. 다시 한 숟갈 뜬다.
배는 가득 차고 내 우울은 훨씬 가벼워진다.

가족과 함께하는 식사나
저녁의 라디오같이
작고 쉬운 일로 우린 확실한 기쁨을 느낀다.
행복의 양념은 아주 흔하고 평범한 그릇에 담겨 있는
것일지도.

따끈한 카레.
사랑하는 사람과의 수다.
아니면 시럽을 잔뜩 넣은 커피 한 잔.

오늘을 견디는 나만의 소박한 의식.

어쩌면 견딘다는 말은, 이겨낸다는 말보다 더 클지도
모른다.

내일도 하루는 무겁게 나를 누를지 모른다.
그러니까 소소해도, 기쁨을 꺼안고 힘을 내야지.
일상이란 무게에 눌려서 작아지지 말아야지.

내
일
또
만
나
요

설거지를 끝내고 시간을 확인했더니 벌써 밤 11시 50분.
대충 젖은 손을 닦고 모니터 앞에 앉았다. 창문을 열었
더니 제법 바람이 따뜻해서 무릎담요를 하지 않아도 춥
지 않았다. 봄밤이다. 얼른 책상 앞 거울을 가져와 얼굴
을 확인했다. 립밤이라도 발라야 속이 편했다. 허리를
똑바로 세워 기지개를 켰다. 휴대폰을 거치대에 끼워놓
고 이어폰을 끼는데 익숙한 알림음이 도착했다.

　'지금 전화 가능?'

　소리의 여운이 가시기도 전에 빠르게 답을 보냈다.

'응응.'

몇 초 뒤 장거리 연애 중인 사람들은 모두 익숙할 벨소리가 길게 울린다. 익숙한 통신사가 아닌 와이파이로 연결된, 다른 나라에서 그가 보내는 신호. 늘 긴장하며 통화 수락 버튼을 누른다.

하얀 대기화면은 곧 그의 방 한 공간, 단편적인 전경을 비췄고 아래엔 조그맣게 증명사진만 한 내 얼굴이 함께 떴다. 픽셀이 깨진 직사각형 프레임 속에서도 그의 웃음은 선명했다.

"안녕."

그에게 손을 흔들면서도 아래에 작게 출력되고 있는 나를 확인했다. 영상통화를 할 때마다 그가 보는 내가 어떨지 체크하게 된다. 화면 안의 사람은 익숙한 내 외모에 느슨할 것을 알고 있지만, 애가 닳는 상대는 안 되는 노력으로나마 차이를 메우려 했다.

그는 자기가 어떻게 나오든 상관하지 않고 화면 가까이에 얼굴을 들이밀었다. 마치 그러면 이 방이 더 잘 보일 것처럼.

"오늘 뭐 했어?"

"똑같았어. 일하고, 와서 고양이 밥 주고, 뒹굴뒹굴했지."

"요루, 마루는 지금 뭐 해?"

몸을 슬쩍 왼쪽으로 기울였더니 액정 속에 고양이들의 늘어진 몸이 완전히 들어왔다.

"쟤네는 왜 저렇게 귀여울까."

가늘게 뜬 눈에 애정이 담뿍 담겨 있다. 쭉 뻗은 작은 팔다리에 머무는 시선을 지켜보다 괜한 심술이 툭 튀어나온다.

"나도 좀 귀엽지 않냐."

"당연히 네가 제일 귀엽고."

반사적으로 튀어나오는 대답을 듣고서야 만족했다. 나는 갈수록 유치해진다. 듣고 싶은 한마디를 위해 어떤 시도든 서슴없다.

"나 이제 밥 먹고 공원 가려고. 오후엔 친구랑 약속도 있어. 뭐 입고 갈까?"

그는 한 손으로는 삐죽 솟은 머리를 눌러 가라앉히면서 남은 손으로는 휴대폰을 들어 얼마 되지 않는 옷들을 천천히 비춰줬다. 몇 장 안 되는 그의 옷을 쭉 훑으며 나는 그에게 선물했던 내 오버사이즈 카디건을 찾아냈다. 내가 갈 수 없는 장소에, 이곳을 떠올릴 수 있는 물건을 심어놓은 것은 잘한 일 같다. 이럴 줄 알았으면 뭐든 더 들려 보낼걸.

"내가 준 카디건 입고 가라. 오늘 날씨랑 잘 어울리지 않아?"

"그럴까?"

그는 승낙이 필요한 다섯 살 아이처럼 물었다. 사심을 섞었지만 그 옷은 세계 날씨로 확인한 오늘 기온에 맞는 차림이었다. 그는 이번엔 휴대폰을 고정시킨 채 한 손을 뻗어 옷걸이를 꺼냈다. 옷을 자신의 몸에 대보는 동작도 능숙했다. 네모난 시야만 확보한 우리는 최대한 실제와 같은 조건을 맞춰나갔다. 얼굴을 보며 대화를 하기 위해 약간의 불편을 감수하는 일도 익숙해졌다.

"예쁘다."

나는 크게 동그라미를 그렸다.

"이제 밥 먹고 공원 가서 전화할게."

"응응. 이따 또 만나."

만나긴 무슨. 까만 액정화면을 보며 숨 한 번 내쉰다. 실제로 좀 더 정확한 대답은 '이따 또 전화해'였겠지만, 그에게 우리의 거리를 인식하게 만드는 말은 쓰고 싶지 않다. 그러다 관계마저 멀어질까 봐 나는 말을 찬찬히

고른다. 가끔은 지금 그가 여기에 있다고 느낄 수 있도록 착각하게 만든다. 이 또한 무뎌진 일이다. 이런 수고는 전혀 번거롭지 않다. 한참 그리워하는 일 정도야 너무 쉽게 느껴진다.

다음 통화는 아마 한 시간 정도 뒤가 되겠지. 느직느직 대충 시간을 헤아린 후 바닥으로 내려와 비어 있는 사료 그릇을 채우는데 같은 전화벨이 울렸다. 부엌에서 전화가 있는 큰방까지 세 걸음에 뛰어 들어왔다. 모니터에 비친 시간을 확인하니 아직 20분 정도밖에 지나지 않았다.

"생각보다 연락 빨리했지."

대기화면이 초록색 공원으로 전환됐다. 오후의 부신 빛이 내 방까지 들이닥쳤다. 그의 얼굴은 안 보이고 잔디와 벤치, 완만한 오르막길만 걸음의 속도만큼 보였다가 멀어졌다 했다.

"오늘 날씨가 진짜 좋아서 보여주고 싶어서 가면서 전화했어."

"아, 정말?"

성의 없이 답변하며 화면이 그를 비추길 기다렸지만, 규칙적으로 헉헉대는 숨소리와 멀리 있는 나무가 가까워지는 자연다큐 같은 장면만 이어졌고 간간이 산새 소리가 효과처럼 흩어졌다. 가만히 듣고 있으니 ASMR 같기도 했다. 온통 녹색만 비추던 액정화면이 뒤집히며 겨우 그의 얼굴이 잡혔다. 나무 밑에 주저앉았는지 그늘이 드리워져 있었다.

"아 힘들다. 잠시 쉬고 갈래."

"웬일로 벌써 나왔어?"

"친구랑 만나서 점심 먹으려고."

"뭐 먹을 거야?"

"글쎄. 추천해줄 수 있어?"

"거기 뭐가 있는지를 알아야지."

먼 곳을 바라보며 햄버거, 피자, 쌀국수, 타코… 음식 종류를 하나씩 대던 그가 메뉴를 정했는지 화면 속 나와 눈을 마주쳤다.

"중국식 군만두 먹고 싶다. 바삭바삭한 거. 너희 집 앞 가게에 파는 그 만두."

"거기도 만두 있잖아. 사서 해 먹으면 되지."

그가 고개를 크게 좌우로 젓는다.

"그 맛이 안 나."

나도 그를 따라 고개를 까딱까딱 흔들며 물었다.

"그건 안 되니까… 또 먹고 싶은 음식 있어?"

"네가 구워준 만두."

겨우 만두 하나에 겨우 눌러놓은 '보고 싶다'라는 말이 혀끝까지 차올랐다. 보고 싶다. 만나고 싶다. 만지고 싶다. 넘치는 바람들을 꾹꾹 틀어막고 목소리를 더 높게 올렸다.

"어우. 만두 귀신."

"너는? 지금 뭐 먹고 싶어? 다 말해줘."

다정한 말에 그리움이 무방비하게 흐드러졌다. 나는 잠시 머뭇거렸다가 솔직해진다.

"네가 만든 스팸샌드위치."

그가 만족스러운 듯 그것 봐 너도 별거 없잖아, 라며 손가락질했다. 웃음 뒤에서 작게 슬퍼했으니 이제 눈앞의 당신을 안심시켜야지.

"또 만들어줄게."

"나도 다음에 많이 만들어줄게."

잠시 뜸을 들이며 서로를 바라보았다. 떨어져 있어서 나온 간절함은 어떤 초능력처럼 너와 나를 같게 했다. 지구 반대편에서 우린 같은 말을 한다.

"내가 거기 있었으면."

"네가 여기 있었으면."

허락된 것은 저화질 작은 화면과 목소리뿐이지만, 볼 수 있는 짧은 시간을 꽉 채워 닿는다. 그러다 오늘처럼 서로의 마음이 착오 없이 들어맞으면 만질 수 없는 건 아무것도 아니라는 허튼 생각을 하게 된다. 어딘가 비어 있는 채로 누군가를 사랑할 바엔 평생 이대로 모니터 너머의 그를 기다리기만 해도 괜찮을 것 같다.

"나 이제 친구 만나러 갈게. 얼른 자고, 내일 또 만나."

"응. 얘기 잘하고, 내일 만나."

만나긴 무슨. 하지만 중의적 표현이라 할지라도 너와 나는 내일도 화면 속에서 만날 것이다. 보는 것에서 그치지 않고 실제로 만나는 것처럼 사랑할 것이다. 어느 애니메이션 주제가처럼 "만날 수 없어, 만나고 싶은데 그런 슬픈 기분"까지 함께 농축시킨 사랑이 오늘만큼 익어간다.

그가 통화를 종료하길 기다리며 몇 시간 전처럼 손을 흔들었다. 그가 사라지자 온통 환했던 휴대폰 액정도 까만 대기화면으로 되돌아갔다.

투명한 콘크리트

무겁고, 단단하고, 아름답지 않은 건축 재료. 콘크리트.
나는 너를 보며, 너는 모든 사람에게
단단한 콘크리트 같은 존재라고 생각했었다.
안 지 오래되어도 여전히 속을 모를 사람. 서투른 사람.
모든 이들이 말하는 너였다.

회색의 콘크리트는 물이 들어가면 녹이 슬고,
아주 천천히 무너진다고 했다.
나는 언젠간 너의 마음도 그렇게 녹이 슬고 무너져서

우리가 서로를 막힘없이 볼 수 있는 날이 올까 궁금했었다.

"투명하게 변하는 콘크리트가 있는 거 알아?
빛이 통과하면서 안에 있는 사물이 비친대."

함께여도 따로 각자의 그림자를 밟으며 돌아오던 길.
높낮이 다른 빌딩숲을 보며 너는 먼 곳의 꿈을 꾸듯 말했고
그 옆모습을 바라보며 나는 너의 깊음을 살핀다.

아직 회색 단단한 콘크리트 속의 너.
우리가 평행선처럼 살아야 한다고 해도
아주 가끔 당신이 나에게 솔직해진다면
나는 그것으로 만족하겠다.
그런 날들이 쌓이면 나는 너라는 존재를 더 이해하게 되겠지.

그러면 우리는 서로의 거리를 유지하면서도
상대를 제대로 볼 수 있게 될 거다.

안이 비치는 콘크리트처럼.

그때가 되면 나는 당신의 투명한 말에 숨어 있던
은은한 진심을 보고 싶다.

너를 부수고, 새로 만들지 않고
당신을 당신 그대로 인정하고 싶다.

BGM Erykah Badu <Orange Moon>

2년. ───────────── 모든 사랑은 짝사랑이 된다

공백과 밀도

헤어진 지 넉 달이 지났지만 우린 자주 연락했다. 마치 아무 일 없었다는 듯, 너는 오늘 샌드위치를 먹었으며 공원에 반짝이는 햇살이 맑았다고 얘기하고, 나는 서울은 흐렸고 미세먼지 때문에 불편하다고 투덜댔다. 너는 늘 그렇듯 여기서 먹었던 만두가 그립단 얘기를 하고, 나는 그 집 만두가 진짜 바삭하다고 내일은 그 가게에서 저녁을 먹겠다며 너를 놀렸다. 도돌이표처럼 곱씹는 한정된 추억들. 오래된 일기장처럼 서로의 일상을 멋없게 나열하기만 할 뿐, 새로 쌓을 이야기가 우리에겐 없었다. 곧 만나자는 약속도 더 이상 하지 않았다.

이별의 인사 치고는 긴 연락을 지속하고 있었지만, 나는 이 시간을 멈추지 말아달라고 부탁하고 애걸했다. 함께 영상통화를 하는 순간의 난 그렇게 밝을 수가 없었다. 항상 네 안부를 묻고 한참을 떠들고, 새로운 일로 지친 기색이라도 보이면, 너는 뭐든지 잘해낼 거라고 조금이라도 더 붙들기 위해 한 이야기를 하고 또 했다. 넌 그런 나를 언제나 미안한 눈으로 응시하다가 말끝을 흐리며 통화를 끊곤 했다.

액정이 꺼지면 나는 한참 무릎을 끌어안고 있었다. 다음 연락이 올 때까지 버틸 재간이 없어서 끙끙 앓았다. 네가 한 말의 낱말 하나하나를 머릿속에서 재조립하며, 이번 통화가 끝이 아닐까 식은땀을 흘렸다. 더불어 희망도 가졌다. 그가 내 연락을 모질게 끊지 않는 것은 어쩌면 우리가 다시 시작할 수 있단 뜻은 아닐까. 꿈꾸는 일들이 모두 부비트랩이 될 것을 알면서도 나는 자꾸 덧없는 기대를 쌓아갔다.

연락은 이틀에 한 번, 사흘에 한 번이 되기도 했지만, 예전처럼 '걱정되니 매일 한 번은 전화하라'고 요구할 수도 없었다. 메시지가 안 오는 시간의 공백이 나를 가장 미치게 했다. 매번 통화하는 자정 무렵이 되면 내가 먼저 메시지를 보낼까, 그러면 네가 부담을 느낄까 이러지도 저러지도 못했다. 시간의 밀도는 높아져 1분 1초가 하루 같아졌다. 고백하자면 너에게 연락이 오지 않는 공백 속에서 나는 나를 미워하고 증오하며 5,000번은 더 죽였다. 너를 밀쳐내는 상상 끝에도 우린 다시 마주 보고 있었다.

어떻게든 달라붙고 싶어 비굴해지는 나와, 모질지 못한 것이 병이라 끊어내지 못하는 너. 전자는 후져지고 후자는 안쓰러워졌다. 한번 가까워진 마음이 같지 않다는 것만으로 사람은 얼마나 비참해질 수 있는가.

한때 얼굴색만 봐도 기분이 어떤지 알아채는 연인이었다. 말은 하지 않았지만, 너 역시 나의 변화를 모를 리 없었다. 우리가 주고받는 색깔 빠진 명랑한 대화는 서로에게 아픈 칼날이었다. 연락은 조금씩 더 뜸해졌고 내 시간의 밀도는 더욱 촘촘해져 숨이 턱 막혔다.

점점 빈도가 줄어가는 연락만큼 내 단어들은 더 무거워졌고, 농담마저 의도가 까맸다. 틈이 생기기를, 그 틈을 알아챈다면 그를 붙들고 놓아주지 않으려 했다.

"여기 뉴욕이야."

"무슨 일로?"

"일도 있고, 생각도 정리하려고."

여느 때처럼 통화가 아닌 메시지. 말풍선 속에 담긴 말이 그날따라 생소했다. 식은땀 때문에 등 뒤가 서늘해졌다. 생각을 정리한다는 것은 나와의 시간도 정리한단 뜻이 아닐까. 모든 얘기를 상황에 빗대며 불안해하는 것은 그와 헤어진 후 더 심해진 병이었다. 애써 모른 척 나는 밝아야 했다.

"뉴욕, 나 한 번도 못 가봤는데… 가고 싶다."

"너도 올 수 있을 거야."

서로를 부르던 목소리의 간지러움이 빠진 후 넉 달. 그동안 쌓아둔 용기를 내기로 했다. 이대로 있다간 정말로 네가 완전하게 내 삶에서 도망칠 것 같았다.

"내가 가면 네가 안내해줄래?"

파란 말풍선의 줄임표가 떴다가, 사라졌다가 했다. 모니터 뒤의 상대는 자꾸 글을 쓰고 지우고 반복하고 있었다. 말하지 않는 것이 때론 더 많은 이야기를 하기도 한다. 너는 나에게 상처를 주지 않을 글을 고르다가 작은 메시지 창에 갇혀버렸구나. 너도 나처럼 시간을 버티고 있었던 거다.

촘촘했던 시간은 단숨에 늘어져 이번엔 1분 1초가
영원처럼 길어졌다. 끝없이 달려도 닿지 않을 것처럼 네
가 멀어지고 있었다. 정확히 10분 뒤 줄임표가 글이 되
어 화면에 떴다.

"오지 마. 우리 헤어졌잖아."

"통화할 수 있을까?"

자존심 같은 것은 애초에 없던 것처럼 매달렸지만 너
는 이미 낯선 사람처럼 굴었다.

"아니. 나중에 연락하자."

글자에서 비명이 들릴 것처럼 큰 동작으로 키보드를
두드렸다. 손이 벌벌 떨렸다.

"그 나중이 언젠데?"

메신저의 줄임표는 이번에는 잠시 망설이다 글을 툭
내뱉었다.

"잘 자."

연두색의 동그란 버튼이 회색으로 변하며 로그오프
됐다. 오랜 이별이 시작되려 했다.

나는 앞으로 밀려올 시간의 공백과 밀도에 눌려 단숨
에 늙어버렸다.

라면 한 그릇과 타이레놀 한 박스 1

오랜만에 체중계에 올라갔더니 8킬로그램이 빠져 있었다. 거울을 보면서 이건 아니란 생각은 했지만 이 정도로 변했는지는 몰랐다.

이것도 상사병의 범위에 드는 걸까. 세상에 그 많은 노래와 글들은 이 병을 앓고 나온 것이 분명한데. 나 또한 지금의 감정을 올바르게 표현할 언어가 있었다면 좋았을 것을. 운이 없게도 나는 고통을 예술로 승화할 수 있는 능력 따윈 없었다. 나는 내가 너무 가여워서 주저앉아 울고 싶기만 했다.

그와 연락이 끊어지고 생활은 완전히 엉망이 됐다. 오지 않을 것을 알면서도 파블로프의 개처럼 굴었다. 특히 그와 통화하던 자정 무렵만 되면 거울 한 번 들여다보고 전화나 문자를 기다렸다. 다른 일을 해보려 애쓰긴 했다. 늘 실패했지만.

영혼의 반쪽을 떼어 붙여놓은 것처럼 휴대폰과 메신저에 정신이 팔려 있었다. 용건 없이 액정화면을 들여다보며 메시지 알림이 뜨길 기다렸고 새벽 2시쯤 되고 연락이 오지 않을 거란 확신이 들어서야 남은 일을 제대로 할 수 있었다.

속이 까맣게 탄다는 표현대로 끈적한 타르 같은 것이 내장을 휘젓는 것 같았다. 토할 것처럼 자주 울렁거렸다. 아무것도 먹지 못했고 먹으면 게워냈다. 배고픔을 잘 느끼지 못하는 상태가 됐다. 음식물을 넘기면 속이 역류하는 것 같았다. 몸에 들어간 것이 없다 보니 종일 기운도 없었다. 몸이 영혼보다 더 괴로운 것처럼 민감하게 반응했다.

그러다 배고픔이라는 감각이 한 번씩 돌아올 땐 억지로 먹지 않기도 했다. 그를 놓친 나에게 벌을 주는 것 같았다. 보고 싶어 말라 죽어버리면 그가 돌아올까, 라는 헛된 기대가 솟기도 했다. 이상한 말이지만 그런 가학적인 행동에서 쾌감을 느끼기도 했다.

그가 지금 내 모습을 보면 가여워하지 않을까. 그러면 다시 오지 않을까. 어떻게 변해야 네가 나를 봐줄까. 조금의 희망이라도 얻을 방법은 없을까. 일말의 여지라도 준다면 오랜 시간을 기다릴 텐데. 당장 할 수 있는 것이 없어서 매일 나를 괴롭혔다.

생각을 거친 모든 감정이 지독했다. 오감을 스치는 어떤 감촉이든 마음에 닿기만 해도 쓰라리고 심장을 쥐어짜는 것 같더니 오장육부로 번졌다. 온몸이 민감해졌다.

모순적이게도 소소한 일상엔 무심해졌다. 모른 척했다. 행복하면 안 된다고 자기검열을 반복했다. 영혼이 너덜거리는 시기를 통과하는데 소리 내어 웃는다니. 이 사랑에 대한 배신이었다.

얼른 이 고통이 사라지기를 바란다고 되뇌었지만, 지금을 붙잡는 통증, 내가 널 또렷하게 느끼게 해주는 이 확연한 실체가 사라지면 그나마 남아 있는 너의 기억들도 내게서 완전히 떠나갈까 두려웠다. 아픔이라는 감각으로나마 너를 남겨두고 새겨두고 싶었다. 그러면서도 불안했다. 이 피딱지 앉은 여물지 않는 상처가 사라지지 않고 날이 갈수록 생생해진다면 나는 어떻게 되는 걸까.

정신만 멀쩡해 잠들지 못하는 밤에는 좀비처럼 인터넷을 떠돌아다녔고 실연 때문에 병에 걸렸거나 비극적으로 사라진 사람이 있는지 찾아봤다. 검색창을 헤매는 작업은 마치 정보수집 같기도 했다. 어쩌다 자살이라는 키워드가 포착되면 생명의 전화 링크가 야광 반사 테이프처럼 밝게 떴다.

그러길 며칠째, 번뜩 약을 먹으면 좀 나아지지 않을까 싶어 기사를 뒤적거렸고 "뇌는 몸의 고통과 뇌의 고통을 같은 것으로 인식하기 때문에 진통제를 먹으면 마음의 아픔도 좀 나아진다"°라는 문장을 찾아내어 몇 번을 반복해 다시 읽어봤다.

그저 견디는 것이 너를 내 안에서 완벽하게 소멸시키는 방법인 줄 알았다. 고통을 겪는 나에게 도취되어 성급히 결론을 냈었다. 그게 아니구나. 어떻게든 방법은 있구나. 하긴 그렇겠지. 이 세상 나만 느끼는 아픔은 아니겠지. 내가 가진 것 중 그나마 사랑이라도 특별하다 여겼지만 남들과 별반 다를 것 없단 사실이 나를 끌어

° 미국국립과학원회보(Proceedings of the National Academy of Sciences)에 소개(2011)

내렸다.

더듬거리며 수면 잠옷 위의 가슴께를 만져봤다. 마음과 몸은 이어져 있다. 몸의 고통은 마음을 병들게도 하고, 마음의 상처는 몸에도 남아 현실을 머뭇거리게 한다. 내 열병도 그저 진통제 한 알이면 희석되는 정도의 상처일까. 난 어쩌면 고통에서 벗어나고 싶어 하지 않는 것은 아닐까. 수동적이며 희생적인 역할을 스스로 부여하고 나를 가두고 싶은 것은 아닐까.

나아진다는 희망을 앞에 두고야 알았다. 난 지금 그 어느 때보다 예민했고 살아 있음을 느꼈고 이 순간이 생생했다. 사람이나 약물의 도움 없이 머리끝부터 발끝까지 감각이 살아 숨 쉬는 신체로 현재를 걸러내어 희석하고 온전한 내 것으로 소화하고 싶었다. 너로 인해 태어나는 이 감정을 단 1그램도 소모하지 않고 받아들이고 싶었다.

내 사랑이 약을 이길 수 있을지 없을지는 진통제를 먹으면 알 수 있을 것이다. 내일은 동생이 오는 날이니 그 아이가 돌아가면 다시 한 번 생각해보자 맘먹었다. 불안과 기대로 일출을 보고도 잠들지 못했다.

라면 한 그릇과 타이레놀 한 박스

2

동생이 서울에 왔다. 1년 만이었다. 매년 건강검진을 위해 사나흘을 머무르며 함께 시간을 보내는 것이 우리의 연중행사였다.

가벼운 짐 가방을 내려놓은 그는 내 얼굴을 보자마자 고개부터 내저었다.

"말랐다. 밥 잘 먹고 있어?"

"대충."

"잘하는 짓이다. 밥은 있어?"

동생은 냉장고부터 열었다. 상하기 직전인 반찬 몇 개

와 우유팩만 꽉꽉 차 있었다.

"언니 또 커피랑 우유만 먹는구나."

"아니야. 밥도 먹고 그래."

"밥은 매일 먹는 거지."

어디 상태 좀 보자. 동생은 쭈그려 앉아 내 쪽을 흘끗 바라보더니 반찬 뚜껑들을 열고 냄새를 맡았다. 문지방을 사이에 두고 나도 꾸부정하게 주저앉았다. 빠른 손이 유통기한이 지난 식품들을 마법처럼 골라냈다. 이럴 땐 네가 더 어른 같다.

"믿을 만한 사람이 아니라서 미안."

"다 좋은데 몸은 좀 챙겨라."

"그것도 미안."

동생도 그와 한 번 인사를 나눈 사이였다. 다 좋은데 너무 멀리 있지 않느냐고 나의 외로움을 걱정하던 아이였다. 오래지 않아 하소연하듯 김빠진 이별 이야기를 전했을 땐 한 시간이 넘도록 아무 말 없이 듣고 있던 것도 동생이었다.

"나 배고파."

즉석식품과 요거트, 오래되어 마른 진미채. 버릴 물건을 꺼내놓으니 냉장고가 텅텅 비었다. 그나마 달걀이 몇

개 남았다. 동생은 바닥에 쌓인 잔해들을 쓱 발로 밀며
다시 말했다.

"언니, 나 배고파."

저절로 무거운 엉덩이가 번쩍 올라갔다.

"어, 그래. 간장국수 해줄까?"

"그럼 언니가 만드는 동안 난 이거 치울게."

쓰레기봉투를 집으며 동생이 돌아앉았다. 냄비에 물
을 안치면서 달걀 두 알 프라이팬에 깨 넣는데 벌써 작
은 집 안이 훈훈해졌다. 누군가를 위해 집에서 밥을 차
리는 것도 오랜만이다.

싸구려 원목시트지를 붙인 밥상에 둘이 마주 앉았다.
살기 위해 어쩔 수 없이 먹는 거라며 퍽퍽하게 씹어 넘
기던 밥알 대신 참기름 두른 국수 가닥이 부드럽게 위장
으로 넘어갔다.

"언니. 아까 옷 갈아입을 때 봤는데."

"응."

"지금 몸 상태가 어떤지 알아?"

"옷 벗을 때 누가 거울을 봐."

말은 그렇게 했지만 대충은 알고 있었다. 갈비뼈가 드
러나기 시작했고 시시때때로 추위와 현기증이 찾아왔

다. 탄력도 떨어져서 피부를 잡아당기면 원래대로 돌아오기까지 한참 걸렸다.

눈 한 번 치켜뜬 동생이 국수를 둘둘 말아 입에 넣으며 말했다.

"언니 마음은 아는데, 나 그 사람 밉다."

나는 그가 미움 받을까 봐 간절해졌다.

"잘못한 거 없어. 그러지 마."

"언니가 이러는데 내가 어떻게 그 사람을 좋아해."

"전부 나 때문이야. 내가 그냥 미련을 못 버려서 그래."

"그럼 밥 좀 잘 먹어. 언니 이러면 그 사람이 잘도 좋아하겠다."

아는데, 내가 미련한 거 잘 아는데, 근데. 말꼬리를 흐리면서 남은 국수를 밀어 넣다가 울컥 올라와서 반이나 남겼다. 남은 면은 동생이 한숨 한 번 쉬곤 대신 먹었다.

잠들기 전, 한 이불을 덮은 동생의 허벅지에 내 허벅지를 올렸다. 마른 피부끼리 마찰되니 간지러웠다. 잊고 지낸 안정감이 감겼다. 동생이 내 배를 꼬집어보더니 한숨 쉬었다.

"언니도 나이 먹었어. 이제 이렇게 살 빼면 큰일 나."

"응. 알아."

"언니가 이러는 거 그 사람이 알면 가슴 아파할 거야. 그건 싫지?"

"그것도 싫은데, 그 사람에게 미움 받는 게 더 무서워."

"미친 거지 정말."

동생이 돌아누우면서 내 팔에 등을 붙였다. 원래 손만 대도 질색하던, 자기 몸에 내 몸이 닿는 것을 좋아하지 않는 아이가 그 밤만큼은 미지근한 체온을 허락해줬다. 그 덕에 깊은 잠을 잤다.

다음 날 건강검진을 끝내고 함께 커피를 마실 때도, 쌀국수를 먹으러 가서 스프링롤을 나에게 하나 더 양보할 때도, 쇼핑할 때도, 마지막 비행기를 타기 위해 김포공항에 도착했을 때도, 동생은 일상적인 동생처럼 툴툴거렸고 화를 냈고 말이 없을 땐 땅바닥 혹은 내 옆얼굴을 살살이 살피곤 했다.

어느새 30분 뒤 비행기가 떠날 시간이었다. 드문드문한 사람들 사이로 동생과 나도 섞여들었다. 고향으로 돌아가는 탑승 게이트 앞에서 그는 몸을 돌렸고 주머니를 뒤져 내 손에 10만 원을 쥐여줬다.

"이건 뭔데? 언니 용돈이야?"

동생이 성마르게 투덜거렸다.

"진짜 밥 좀 먹어라."

"넌 종일 밥 얘기냐."

"내가 언니라면 뭐라고 할 건데?"

대답 대신 동생의 손을 꽉 잡았다. 늘 보는 퉁명스러운 얼굴 위로 아주 잠깐 다른 표정이 스쳤다. 나는 괜히 목소리만 높아졌다.

"야, 덕분에 오늘 맛있는 거 먹겠네."

"제발 좀 그래라."

조금 더 있어달라는 부탁 대신 동생의 통통한 손가락을 만지작거렸다.

"사랑해."

역시나 질색하는 표정이다.

"다 알고, 부탁이니까 이젠 제발 그런 느끼한 말 좀 그만하고."

늘 봐도 애틋한 얼굴이 게이트 속으로 사라질 때까지 지켜보고 서 있었다. 집으로 돌아오는 5호선 지하철 안에서 주머니 속의 지폐를 만져봤다. 빳빳했던 종이가 금세 눅눅해졌다. 이런 상태는 내가 사랑하는 누구도 원하지 않는다. 그가 바라는 결말도 아닐 것이다.

이젠 나를 괴롭히는 것을 포기하고 싶었지만 포기하기 싫었다. 나는 악다구니 치고 싶었다. 아직 내 마음은 그대로라고 그러니 누구도 내 사랑을 멈출 자격은 없다고. 그 사람이 나라고 해도.

당연하게도 난 사랑 때문에 모든 걸 버릴 수 없었다. 억지 부리고 있는 나와 조금이라도 타협해야 했다. 그를 사랑하는 상태에 심취해서 나를 가엽게 만드는 짓은 그만둬야 했다. 꼴불견이 되더라도 일단 버티고 살아야 했다.

익숙하지만 어두운 골목, 가로등 밑 편의점까지 타박타박 발소리를 내며 걸었다. 불빛이 환하다. 라면 한 봉과 타이레놀 한 박스를 카운터에 내려놓았다. 잘 먹으라던 동생 얼굴이 생각나 김밥도 하나 추가했다.

자정이 다 된 시간, 잘 끓인 라면과 김밥을 책상 위에 펼치고 좋아하는 TV 프로그램을 틀었다. 타이레놀은 스피커 위에 올려놓았다.

나는 나를 설득해본다. 정말 못 견디게 힘들면 먹어야지. 사랑하는 사람들을 위해서 어떻게든 건강해져야지. 너라는 허상 따위는 다 녹여버려야지. 그럼에도 내

고집은 최대한 버티면서 네가 준 아픔의 질감을 만지겠지. 그걸 당신이 준 선물이라 스스로 속이는 날이 있을지 몰라도 난 어떻게든 살아남으며 그것까지 계속 사랑할 거다.

모니터 속의 사람들이 웃을 때 따라 웃으면서 라면 한 젓가락을 후루룩 삼켰다. 자극적인 냄새에 입맛이 확 돌았다. 그동안 음식을 억지로 밀어내던 것은 몸이 아니라 스스로가 불쌍하길 바라던 연민이란 확신이 강해졌다. 몸속 깊이 넣어진 그 시시한 자기연민을 김밥에 욱여넣어 내보낼 거다.

납작한 희망은 버리자. 내가 울든 말든, 말라 죽든 말든, 날 죽이든 살리든, 오늘도 그의 연락은 오지 않았고 내일도 오지 않을 것이다.

라면을 후후 부는데 눈물이 조금 났다. 스피커 위의 약상자를 한 번 쳐다보고 콧물을 훌쩍이며 김치를 가지러 일어났다.

속
아
도
꿈
결

어깨를 잔뜩 늘어트리고 400번 버스를 탔다. 명동에서
S를 만나 남산에 올라가기로 했다. 그는 10년도 넘는 시
간 동안 나와 50편이 넘는 영화를 함께 보고 100번 넘
게 밥을 같이 먹은 친구다. 또한 내가 헤어지기 전까지
가끔 내 연인이었던 그 사람을 따로 만나 커피 한잔 마
시는 사이이기도 했다.

"너 집이지? 벚꽃 보러 가자."

컴퓨터 앞에서 의미 없는 클릭 중인 나를 먼저 꾀어
낸 것은 S였다.

"명동 나올 일이 있었는데 생각보다 빨리 끝났어. 이 앞에 남산 있잖아. 그 참에 돈가스도 먹고."

무심코 바라본 창밖이 거무죽죽하다. 나가고 싶지만 귀찮기도 해서 돌려 묻는다.

"밖에 춥냐."

"쌀쌀하다. 좀 걸쳐 입고 나와."

S는 나의 생활과 연애 사정을 다 알고 있는 사람이라 많은 것을 설명할 필요가 없었다. 나는 토해내지 못한 투정을 받아줄 사람이 필요했고 S는 일부러 시간을 내 주려 작정한 것 같았다.

세상 모든 시름을 다 안은 얼굴로 버스에서 내린 나를 보며 그는 혀를 끌끌 찼고 당연한 것처럼 인터넷 지도 앱을 보며 앞장섰다. 타고난 길치인 나는 졸졸 뒤를 따랐다.

막상 속에 얹힌 이야기를 하려니 입이 떨어지질 않았다. 무엇을 남기고 무엇을 덜어내야 할지 정리가 안 됐다. 지금 끓고 있는 어떤 감정을 꺼내기엔 표현력이 부족했다. 이것이 분노인지, 체념인지, 안달인지 모르겠다. 센 불에 끓여 바싹 마른 냄비 속 찌개처럼, 졸아붙은 말은 제대로 나오질 않았다.

하늘은 뿌옇다 못해 시멘트를 발라놓은 것 같은 회색이었다. 이런 날에 벚꽃은 무슨 벚꽃. 미세먼지 때문인지, 징글징글한 내 미련 때문인지 메스꺼웠다. 앞서가던 S가 잠깐 기다리라며 편의점에서 이온음료 두 개를 들고 나왔다.

"원 플러스 원이네."

S가 파란 라벨의 이온 음료 하나를 내 손에 들려주고, 나머지 하나는 자기 가방에 넣었다. 그 사람이 좋아하던 음료수라고 앞서는 말을 꾹 눌러 참았다.

"넌 왜 안 마셔."

"너 좀 마시라고 산 거야. 애가 물도 못 마신 것처럼 비쩍 말라서."

그것보다 자기가 보라던 작품 봤냐며 S는 대수롭지 않게 어제 본 영화 이야기를 시작했다. S의 손이 바쁘게 왔다 갔다 움직이며 화면 속 장면을 만들어냈다. 내 입은 맞장구치면서도 미화된 추억을 대조했다.

친구 위에 그 사람이 겹쳐졌다. 지금 S가 서 있는 자리는 몇 달 전 그와 걷던 곳이다. 똑같은 거리를 다른 이와 걷는 것뿐인데 운동화 바닥이 끈끈하게 눌어붙는 기분이었다.

S가 영화 하나를 다 복기할 때쯤 명동과 남산을 잇는 길 아래에 섰다.

"담배 한 대 피우고 올라가자."

S가 간이로 만들어진 재떨이 앞에 섰다. 토마토소스 깡통 안엔 꽁초가 반 정도 차 있었다. 빠른 걸음으로 몇 쌍의 연인들이 우리를 스쳐 지나갔다. 뭉툭한 담배를 하얀 기계에 꽂아 넣자 콩알만 한 파란불이 켜졌다. 무슨 웨스턴 영화 주인공처럼 S가 말했다.

"딱 열 번."

"무슨 소리야."

"이 담배 한 대에 딱 열 번만 피울 수 있다. 열 번 채우면 저절로 기계가 꺼져."

"그런 것도 규칙이 있어?"

"담배 회사가 정한 규칙이지. 아무튼."

S가 담배를 내게 건넸다.

"피워볼래?"

S가 사양 말라는 듯 손짓했다. 미래 머신처럼 생긴 기계를 건네받고 한 모금, 두 모금. 속이 좀 진정되는 것 같았지만 젖은 신문이 타는 냄새가 별로라 두세 모금 피우다가 건네줬다.

"이건 맛 더럽게 없다."

"그거 알면서도 피우는 거야. 그냥 담배는 몸에 더 안 좋고 냄새도 독하잖아. 끊진 못하니까 조금이라도 나은 거로 피워보려고 하는 거지."

S는 주머니에서 꺼낸 새 담배를 스틱에 꽂아 이번엔 자기 입에 물었다.

"여기에 익숙해지면 그냥 담배가 좀 역해져. 그렇게 몸을 속이는 거지."

"매번 속고 사는 거네."

"알고 속느냐, 모르고 속느냐지. 속아도 꿈결이면 좋은 거 아냐?"

"건강은?"

"그건 한참 속고 난 다음 생각할 문제고."

S가 전자담배 안의 재를 툭툭 털어낸 뒤 산으로 이어지는 길을 둘이 걸었다. 텁텁한 먼지를 들이마시며 올라가고 내려오는 이들의 뒤통수와 얼굴을 마주쳤다. 비슷한 덩치의 얼굴과 등에 그가 입혀졌다 벗겨졌다 한다.

"걔랑 여기 왔었어."

"와서 뭐 했는데?"

"야경 보고 돈가스 먹었어."

S의 눈썹이 축 처진다. 그것 봐. 난 또 이래. 널 난처하게 하려던 건 아닌데.

"내가 괜한 일 했네. 너 억지로 온 거 아냐?"

"아냐. 그냥 집에 있는 것보다 밖이 나아."

"왜."

"그래도 사람 앞이니까 마지노선이 지켜지잖아. 집에서 혼자 생각하면 끝엔 꼭 우울해지더라고."

그것도 참 지치는 일이겠다며 S가 쩝쩝 입맛을 다셨고 나는 괜찮아 괜찮아 입버릇처럼 되뇌다가 한마디 덧붙였다.

"그리고 미안해."

"뭐가 미안해?"

"듣는 너도 지치잖아."

"이상한 소리 한다. 너도 이러면서 좀 쏟아내야 살지."

경사가 높은 언덕을 걷다 보니 슬쩍 등에 땀이 배었다. 외투를 벗고 나머지 길을 올랐다. 타워 앞 모여 앉은 사람들은 다 행복해 보여서 맘이 가라앉는다. 겨울의 나는 저 사람들과 비슷한 농도로 웃고 있었을 텐데 지금은 걱정만 끼치며 산다.

전망대 오른편에 자물쇠들을 걸어놓은 철제 난간이

눈에 들어왔다. 작은 징표들이 모이니 무게가 꽤 됐는지 난간도 눈에 띄게 내려앉아 있었다. 무너지지 않은 것이 신기할 정도다. 녹슨 이름들을 둘러보던 S가 물었다.

"너도 저 자물쇠 건 거 아니지?"

"아니."

"다행이다. 너 저거까지 있었으면 죽을 맛이었겠네."

"차라리 나도 하나 달 걸 그랬나."

보이지 않을 뿐이지 내 속엔 이미 자물쇠가 채워진 건 아닐까. 열쇠를 버린 채 그를 놓아주지 않을 나름 타당한 이유들을 붙이고 자기합리화를 늘어놓고 있잖아. 무거워서 휘청거리면서도 그것마저 사랑이라 믿고 있다. 속살이 까발려진 감정은 유치했고 공허했고 촌스러웠으며, 이따금 푸르렀다.

S는 그저 고개를 좌우로 젓더니 먼저 전망대에 도착했고 나도 뒤따라 옆에 섰다. 미세먼지로 뿌연 서울의 전경을 내려다보니 시간이 많이 지난 것이 실감 났다.

S가 벗어서 들고 있던 외투를 입으며 몸을 움츠렸다.

"다 봤으면 돈가스나 먹으러 가자."

나는 아직 남아 있는 청승을 조금 더 떨고 싶다.

"나 그 사람이랑 남산 돈가스 먹었다니까. 거기 가서

또 개 얘기만 해도 괜찮아?"

"괜찮다니까. 또 같은 말 하게 만들어."

S가 떠밀 듯 왕돈가스 맛집으로 나를 이끌었다. 원조 중에 원조라는 곳에 자리를 잡고 대충 앉았다. 기름 냄새에 덩달아 허기가 졌다.

음식이 나오기를 기다리며 깍두기를 포크로 콕콕 찌르는데 S가 생각난 듯 말한다.

"1년 전에 내가 좋아하던 분이 퇴직했거든? 오랜만에 연락할 일이 있어서 전화 드렸어."

"그랬어? 잘 지내고 계셨고?"

"삶의 낙이 없다고 하시더라고. 많은 사람이 회사생활 지겹고 괴롭다고 하잖아. 그런데 막상 일을 그만두니까 할 일이 없대."

"취미생활이라도 하시면 좋을 텐데."

"그런데 목소리가 뭐랄까… 많이 늙으셨어."

착각한 건 아니냐는 내 말에 S가 손바닥을 좌우로 휘저었다.

"아니. 진짜야. 예전 같은 카랑카랑함이 없었어."

S의 대답은 이어졌다.

"사람은 무엇이든 집중할 게 필요해. 그래야 이 짧은

인생 속은 듯 살 수 있잖아."

자신에게 말하는 것도 같았다.

같은 길을 내려오며 명동 거리를 통과했다. 어느새 붐비기 시작한 번화가는 불빛도 와글와글하다. 들뜬 관광객들의 억양 사이에서 S의 음성만 또렷했다.

"난 평소에 네가 사랑도 미련도 크다고 생각하는데 그게 좋은 거 같아."

나는 늘 미워했던 내 모습을 넌 어떻게 이해하니. 좋은데 싫어서 울컥했다.

"산뜻하질 못하잖아. 나는 내가 끈적이고 느끼한 거 같아."

"사랑이 끝났는데 누가 상큼하냐. 질척이는 게 어떻게든 남지."

노점에서 울려 퍼지는 유행가의 볼륨만큼 S의 목소리도 계속 커졌다. 인파에 치이면서 쩌렁쩌렁 이런 사담을 나누는 너와 내가 마냥 웃기고 위안도 된다.

"그래도 사람은 무엇이든 사랑해야 하는 것 같아. 너지금 연애가 끝났다고 사랑이 끝난 것은 아니잖아. 10년이고 20년이고 사랑할 자신이 있으면 한번 해봐. 그건 그것 나름대로 의미 있을 테고 아니면 어쩔 수 없는 거지."

나는 걸음을 멈추고 몸을 돌려 S 앞에 섰다. 난 무엇이 제일 두려운 걸까.

"그러다가 내가 진짜 10년, 20년 뒤에도 그 사람 잊지 못하고 네 앞에서 이러면 어떡해."

S가 웃는다.

"그때까지 이야기할 거리가 남았는지 한번 보자. 조금 더 네 마음에 충실한 채로 있어봐. 나중에 속았다 생각돼도 뭐 어떠냐. 내가 아까 말했지. 그건 그것 나름대로 좋다고."

나는 자주 S에게 기대고 그가 큰 사람이라 여기지만, 가끔 얄미워서 쥐어박고 싶다.

"도전이냐?"

"그냥 말이 그렇다는 거지."

미꾸라지처럼 빠져나가는 것도 이처럼 잘한다. 사실 오늘을 거쳐 나온 모든 말이 나에게 보내는 위로였음을 안다.

지하철로 내려가는 계단 앞에서 S를 가볍게 끌어안았다. 등을 투덕거리는데 두꺼운 외투에서 텁텁한 소리가 났다. 아직 겨울이구나. 벚꽃은 피었지만, 너에게도 나에게도 아직 봄은 오지 않았어. 고단한 네가 조금 더 고단한 나를 위해 오늘 내내 마음을 써줬네.

10년 뒤의 우리를 상상해본다. 난 여전히 너와 철없는 얘기나 하고 있겠지. 가끔 마음을 다치면 기대기도 하겠지. 그때까지 난 이 사랑을 품고 있을까. 구부정한 허리를 바로 편 그가 보답처럼 내 어깨를 툭툭 쳤다.

"다음에 만날 때까지 잘 지내봐."

힘주지 않은 격려에 답했다.

"노력해볼게."

지하철 계단을 내려가는 S의 두툼한 베이지색 코트가 보이지 않을 때까지 눈을 떼지 않고 있었다. S는 어디론가 돌아가는 사람들 속으로 느슨히 사라졌다.

의
미
수
집
가

어느 순간부터 원석을 모았다. 저마다의 색을 담고 그
자체로 반짝이는 돌들. 자연이 만들어낸 흔하지 않은
색과 흔한 의미들.

분홍색 로즈쿼츠는 사랑의 원석. 파란색의 라피스 라
줄리는 마음에 평화를 주고, 포도알 같은 자수정은 감
정의 균형을 맞춰준다고 한다. 매너리즘에서 벗어나게
해준다는 우윳빛 문스톤, 해를 닮았다는 선스톤은 우
울에 좋다. 가끔은 우주에서 떨어졌다는 별똥별의 파편
을 구하고 겨우 만났다고 좋아하기도 했다. 그것들을 하나의 줄에 잔뜩 꿰면 나의 부족함을 채우는 팔찌가 만들어졌다.

나는 의미 수집가로 살았다. 내 집에 놓여 있는 모든 만질 수 있는 물건들은 그것을 위해 모였을지 모른다. 유사과학이라 할지라도 나의 단점과 결여를 메울 수 있다면 상관없었다.

게임 아이템처럼 부착만 해도 레벨업 되길 기대하며 좋다는 것들을 찾아다녔다. 원석 비즈와 긍정적인 말, 행운의 아이템, 별자리 점. 덕지덕지 모아서 손목과 마음에 차면 기운이 났다.

팔찌를 친구나 지인에게 선물하는 것도 좋아했다. 원석을 꿴 우레탄 줄이 팽팽해질 때까지 잡아당기며 행복의 기원과 함께 매듭지었다. 그들의 손목에 채워진 내 선물을 보는 것이 좋았다. 의도는 불순했겠지. 마음 하나 주면서 마음 하나를 받길 바랐으니까.

그쯤에서 머물면 좋았으련만 가슴께 뻥 뚫린, 정확히 위치도 모를 부분이 당최 메워지질 않았다. 한동안 보석과 광물 사이트를 떠돌며 내게 없는 의미를 채울 새로운 파워스톤을 찾았다. 특별한 취미를 넘어 애쓰고 있었다. 서랍 속엔 A등급, S등급이라는 원석들이 늘어났다. 자

꾸 욕심이 났다. 의지할 것이 필요했다. 잡을 곳이 간절
했다. 혼자인 밤에도 외롭지 않게 해줄 무언가를 두 손
가득 담고 싶었다. 덕분에 나의 방은 갖가지 잡동사니로
가득 찼다. 진짜 가지고 싶은 의미는 뭔지 모르고 내게
필요하다는 의미 속에서 길을 잃었다.

징조 없는 의문만 가득 쌓이던 어느 날, 충동적으로
팔찌와 원석들을 옷장에 밀어 넣었다. 아무리 좋다는
행운의 아이템을 몸에 지니고 있어도 팔찌를 다섯 개나
끼워서 손목에 땀이 차도, 일어날 일은 일어나고 바라
는 일은 일어나지 않았다. 잘되면 팔찌의 힘, 안 되면 이
것밖에 안 된다는 자괴감으로 나를 몰아넣고 얻은 것은
희멀건 위안뿐이었다.

순도 높은 믿음이 있다면 무조건 잘될 거라는 근거
없는 긍정 따위 방치하고 싶었다. 더 이상 나의 결핍과
노력을 스스로 무시하고 싶지 않았다.

다행히 나의 생활은 엇비슷했다. 좋다는 부적 없이
괜찮을까, 나쁜 일이 생기지 않을까 두려워 작아진 보폭
도 곧 큼직해졌다. 색색의 보석들은 까무룩 잊혔다.

몇 년 뒤 여름옷을 정리하다 오랜만에 원석을 담아
놓은 상자를 열었다. 들쑥날쑥한 크기의 팔찌가 낯설고

묵직했다. 오랜 시간 내버려뒀지만 여전히 빛났다. 버거울 정도로 치렁치렁한 욕망들. 가벼운 손목이 갑자기 허전했다.

시간이 난 김에 그들이 가진 뜻을 하나씩 헤아려봤다. 이 돌은 치유, 이 보석은 기쁨, 손가락으로 하나씩 짚어가며 의미를 세었다. 행복, 안식, 지혜… 수집된 단어를 정리하니 단 한 줄이 남았다.

사랑받고 싶어.

나는 그저 누군가에게 사랑받고 싶었다.

이
세
계
의
포옹

언젠가부터 헤어짐의 인사는 포옹으로 대신한다.

악수보다 크게 몸을 활짝 펴서 당신을 내 안으로 받아들인다는 긍정의 대답. 서로를 침범하는 키스보다는 작고 소심한 인사. 처음엔 어색하다고 질색하던 친구들도 이젠 그러려니 한다. 덕분에 요즘은 그들을 마음껏 누리고 있다. 대부분의 포옹은 짧게 힘주어 담백하게, 가끔은 얇은 옷감 밑의 열기까지 느낄 정도로 몸을 붙인다.

몸이 닿는 행위는 얼마나 은근한가. 두 사람의 허가

아래서 체온을 나누는 모든 동작은 36.5도보다 농밀하다. 찰나처럼 지나가버리는 몇 초 동안 나는 앞 사람의 모든 것을 흡수할 것처럼 군다.

눈앞의 몸통을 끌어안아 널 붙잡아두고 있는 중력을 낚아챈다. 한 손으로 등을 고정하고 남은 한 손으로는 도닥이며 숨어 있을 심장의 뒤편을 두드린다. 뼈와 피가 돌고 있을 너의 형체를 확인한다. 끓는 사랑을 담아, 잘하고 있다는 격려를 담아, 언제든 다시 만나자는 바람을 담아, 너의 질감을 쓰다듬는다.

살다 보면 그런 것밖엔 해줄 수 없을 때가 있다. 결혼과 오래된 다툼, 고된 노동으로 몸마저 망가졌는데 괴로움을 견디느라 속은 더 크게 부서져서 병을 얻었다고, 나는 이제 어떻게 살아야 할지 모르겠다고 오랜 친구 B가 울던 날. 우리는 서로를 끌어안고 견뎠다. 내 셔츠 밑으로 스며들던 네 몸의 뜨거움과 눈물의 축축함.

열두 시간의 비행으로 지친 캐리어를 세워놓고 아주 오래 안고 있던 나의 당신도 있었다. 내가 가진 모든 힘을 내어 꽉 쥐어짜듯 그에게 나를 파묻었다. 채워지지 않은 갈증에 허덕이며 어떻게든 체온을 더 찾아내려 애썼다. 밀착된 불안은 비좁게 눌려 작아졌다.

취해서 까마득한 미래를 떠들어대던 그 겨울, 새벽 첫 지하철을 기다리며 돌바닥에 쭈그리고 앉았던 화가 H 언니도 있었다. 발간 얼굴을 하고 나를 껴안은 그의 손가락은 얼룩덜룩 묻은 페인트에다 여기저기 밴드를 붙여 엉망이었다. 자신도 힘들면서 너는 잘될 거라고 안심시키던 하얀 입김 같던 포옹. 말 못 한 고단한 상처마저, 스물네 살의 나는 받았다.

그동안 켜켜이 포갠 온기들은 작은 핫팩처럼 내 안에서 발열한다. 그 은은한 온도는 맘이 서늘해지는 날에도 차갑게 살지 말라고 다시 한 번 나를 감싼다.

유난스럽고 경망스럽다고 이상하다고 손가락질하는 사람 있어도, 내가 받은 안도의 한 조각을 누군가에게 전해주고 싶어서 이제 나도 틈만 나면 사람들을 끌어안는다. 꽉 껴안아야만, 말이 되지 못한 진심들이 겨우 전해질 것 같아서.

체온만으론 해결되지 못할 일이 더 많다는 것을 안다. 그럼에도 나의 포옹은 내 앞의 당신을 향한 뭉클함과 위로. 네가 얼마나 귀한지 알아달라는 무언의 압박이 녹아든, 나를 달래는 버릇이다.

우정이나 사랑이라는 명사를 덧대어 짧은 경험을 쌓

아봤자 상대를 얼마나 알 수 있겠냐만, 몸을 붙이고 있는 그 순간엔 우리에게 집중하고, 서로를 느끼고, 아픔마저 안는다. 다시 한 번 나의 포옹은 너를 모두 알진 못하지만 이해하고 싶단 뜻이며 지친 그대에게 닿고 싶단 의미다.

길을 찾는 영혼들이 한순간 마주칠지 모르는 기적을 믿는다. 내일도 살아보자고 다독이는 희망을 바란다. 기적의 시작은 서로의 존재를 느끼는 것에서 출발하겠지. 내가 보내는 작은 응원을 알아차리길 바라며 오늘도 어딘가에 있을 모든 너에게 그 자리에 있어줘서 감사하단 큰 포옹을 보낸다. 이 세계의 언제 어디에 도착할지 모르기에, 아주 길고 길게.

2년

다가오는 그의 생일은 1

헤어지고 맞는 그의 첫 생일이었다. 모른 척하고 지나가고 싶었지만 실패했다. 언젠가 '자니'라는 문자를 받고 무시한 전력도 있으면서. 그 생생한 비호감을 기억하는 주제에 왜 비슷한 진흙탕 속으로 뛰어들려고 하는지.

그래도 우리는 싫어하는 사이가 아니니까 괜찮지 않을까. 좋게 헤어졌잖아. 헤어졌다, 라는 짧은 문장을 내뱉었더니 절인 배추마냥 숨이 죽었다.

'생일 축하해. 앞으로 원하는 일 다 이루고 행복해야해.'

'생일 축하해. 무엇보다 건강하고 원하는 일도 다 잘되길 바라. 가끔 연락해.'

'생일 축하해. 공부도 하는 일도 잘되고 늘 행복하길.'

메모장을 열어놓고 길지 않은 한 줄을 위해 시간을 들였다. 질척하게 보이지 않으려 애써봐도 잘 안 됐다. 글자 하나에 아쉬움 하나씩 붙어 있다.

'생일 축하해'라는 보편적인 문장이 왜 이토록 끈적한지 모니터를 한참 노려보고 마무리했다. 쓰고 나서 보내는 것이 더 문제였다. 언제 보내야 금방 읽을까. 혹시 읽고 나서 아무 답도 없다면 나는 어떻게 견딜까. 길게 도망쳐버릴 시간을 어떻게 배겨낼까.

차라리 포기하면 좋으련만 나는 지치지도 않고 연구한다. 어떻게 해야 내 메시지가 그에게 강한 인상을 줄 수 있을까. 혹시 감탄할 만한 문장을 꾸며 보내면 그의 답장을 받을 수 있을까. 질서 없는 걱정들의 답은 결국 어떻게 해야 그가 다시 나를 봐줄까, 였다.

종일 몇 시에 축하 메시지를 보낼까 고민하다가 나의 새벽 4시 반, 그의 오후 2시 반, 서로의 일정이 방해받지 않을 무렵 몇 시간 동안 쓰고 지운 짤막한 글을 휑한 대화창에 던져놓았다.

'생일 축하해! 가족들과 좋은 하루 보내고 앞으로 너의 모든 날이 행복하길 바랄게.'

숨긴다고 숨겼지만 다 보였을 미련들이 뚝뚝 흘러넘쳤다. 고민한 흔적이 보이지 않기 바라며, 그래도 여전히 너에겐 이 한 줄의 인사가 반갑길 바랐다.

보낸 지 5분도 안 돼서 그의 메신저 상태창이 녹색으로 빛나는 것을 보고 황급히 빠져나왔다. 그가 나의 메시지를 언제 읽을까 안달복달하면서도 신경 쓰지 않으려고 다른 사람들이 올린 게시물을 억지로 집어삼켰다. 스크롤을 올렸다 내렸다 다른 곳에 집중해보려 했다.

피드에 올라온 게시물들이 모두 그가 쓴 답장처럼 보였다. 혹시 싫다 하면 어쩌지. 내가 왜 이런 사람을 좋아했을까 징그럽다고 몸을 사리면 어쩌나. 과장에 과장이 더해진 망상은 무럭무럭 자라나서 순한 그 사람이 '다신 연락하지 마'라고 나를 내팽개치는 결론에 다다랐고, 왜 쓸데없이 생일 축하한다는 메시지를 보냈을까 나는 역시 어쩔 수 없다는 자학으로 마무리되었다.

나의 이런 괴로움과는 관계없이 한 시간 후 보내온 답장은 한없이 심플하고 다정했다.

'생일 축하해줘서 고마워. 너도 거기서 좋은 일들만

가득하길 바랄게.'

적은 가능성에 허덕이면서 바로 답장을 보냈다.

'잘 지내고 있지?'

초록불은 다행히 꺼지지 않고, 말줄임표는 나에게 글로 된 목소리를 전해주려 깜박거렸다.

'응. 잘 지내. 많이 바쁘지. 너도 잘 지내고 있어?'

'그럼. 별일 없이 살고 있어.'

'건강이 최고야. 아프지 말고. 공부도 일도 잘하고.'

'고마워. 너도 가족들도 건강했으면 좋겠어.'

어떻게든 대화를 이어나가려는 내 집착을 쳐내는 듯 그의 타자가 냉해졌다.

'다음에 또 연락하자. 나 지금 밖이라서.'

결코 차가워지지 못하는 내 언어는 복종하듯 꼬리 내린다.

'그래. 반가웠어.'

대화를 끝내자 벌벌 떨리던 손발의 긴장이 쭉 빠지며 허리가 저절로 모니터 앞으로 휘었다. 아빠의 건강 상태가 계속 들쑥날쑥하다는 것도, 내 상태도 휘청휘청하다는 것도, 네가 떠나고 모든 것이 엉망이라는 것도 말하지 못했다. 나는 그에게 부담 없이 연락이 가능한 사람이어야 했다.

　평범한 관심을 얻어보려고 화사한 척했더니 속이 뻥 날아간 것처럼 허했다. 겨우 이 얘기를 하려고, 한 번의 관심을 얻으려고, 나는 네가 없는 1년 동안 내내 너의 체취와 기억을 곱씹고 또 곱씹었다. 아무 맛 안 나는 환상에 설탕을 뿌리고 있었구나.

　'이쯤 했으면 그만해.'

　속으로 몇 번이나 외치면서도, 다시 재작년 이맘때쯤의 우리를 되짚는 내가 징그러웠다. 이제 특별한 일이 없다면 그와의 대화는 1년을 기다려야 했다. 나는 기다릴 수 있는 사람이었다.

한숨

너는 자주 한숨을 쉬었고
그때마다 나에게 핀잔을 들었다.

"이게 왜. 그냥 크게 숨 쉬는 건데."
"아니, 복 달아난다고."
"그냥 숨이야."
"그럼 크게 많이 쉬어. 이왕이면 여기저기서 크게 한숨 쉬다가 가. 너 좀 많이 남기고 가."

눈에 띄게 한껏 부풀었다
당연한 듯 제자리로 돌아오던
너의 가슴을 떠올리며
숨을 크게 들이쉬었다가 내쉬었다.

살면서 쉬는 숨은 한정되어 있다는데,
너를 생각하며 들이쉬고 내쉬고
모든 공간을 생각으로 가득 채우면
내 숨 같던 너를 다시 만날 수 있을까.

아직 버리지 못하는 너의 메시지와
채워지지 않는 은밀한 소유욕을 아주 크게 들이마신다.

네가 쉬었던 한숨이 이곳 어딘가 남아 있다면
기억 속에 떠도는 너도
내뱉어졌다가 숨 한 번에 삼켜질 거다.
공기에 떠돌던 너의 입자들은
몸을 돌다가 점점이 스며들어서
나의 일부는 네가 되겠지.

지금 네가 어떤 사람을 사랑하고
어떤 삶을 살고 있다고 해도
하여 그날의 너는 나의 것이다.

당신이 없는 시간이 오래될수록
이제 여기는 네가 희박하다.
호흡할 기억이 모자라
크게 한숨 쉰다.

BGM Sabrina Claudio <Belong To You>

2년

3년.

———————————

우리는 다시 내가 되어

산책

자발적이자 능동적 집순이로 살아가며 실내 생활에 불만을 느끼기란 어렵다. 웬만한 감정은 모두 집 안에서 해결한다. 하지만 창문 밖으로 보이는 풍경을 발과 코로 느껴보고 싶은 여름밤에는 헐렁한 샌들을 꿰어 신고 원두를 사러 간다. 20여 분을 걸으면 좋은 가격에 블렌드 커피를 파는 곳을 알고 있다. 나는 곧 다가올 밤을 핑계로 걷는다.

여름 저녁의 산책은 달과 풀냄새를 따라가는 일이다. 블라인드처럼 내려오기 시작한 밤은 서서히 도시에 드리워진다. 나오는 김에 분리수거용품과 쓰레기를 버리고 나면 몸과 마음 둘 다 가볍다.

자유로워진 두 손으로 산책을 위한 노래들을 선곡한다. 날이 더울 땐 시티팝이 잘 어울린다. 예전 어덜트오리엔티드록도 잘 맞는다. 그것도 아니라면 보사노바, 재즈, 소울도 좋다. 풍경은 음악을 덧칠하는 순간 풍미가 짙어진다. 오래전 노래들이 왜 마음을 물컹하게 만드는지는 모르지만, 나는 꾹 누르면 사랑에 빠질 사람처럼 물기 가득한 상태가 된다.

발걸음마다 음표를 찍다 보면 지하철역까지 도착한다. 이제 하늘은 푸르스름하게 새벽과 가까운 색깔이 되고, 낮이라는 보호색에 숨어 있던 달은 선명해진다. 저 달만 따라서 걸으면 목적지에 도착할 것이다.

이태원 초입엔 차들이 멈춰 있다. 퇴근 시간 자동차 안은 빨리 가려다 더 느리게 가는 사람으로 가득하다. 교차로를 지나 완만한 커브의 인도를 따라 걷는다. 높은 지대의 지붕들에 시선이 걸린다. 계단처럼 층층이 쌓여 있는 집의 탑 끝엔 남산타워가 서 있다. 두 손을 위로 뻗쳐 모은 것처럼 뾰족한 생김새는 그대로다.

아직 밤의 바닥이 닿기 전이다. 맑은 물감을 풀어놓

은 것 같은 어스름한 청색의 하늘, 쨍하게 쏘아보는 녹색 불빛의 타워, 명도가 높아지는 달. 초 단위로 바뀌는 광경이 아까워 눈도 깜박이지 않고 걷는다.

영어책 중고서점과 'take care of yourself'라고 적힌 베이지색 외벽 간판을 지나니 오늘의 목적지가 나왔다. 얄팍한 반팔 상의가 들리도록 숨을 들이마셨다. 후덥지근한 공기에 미미한 원두향이 섞여 있다. 입구를 막아놓은 두꺼운 비닐 문을 열고 들어가니 에어컨 바람이 몸을 빠르게 식혀준다.

이 가게는 원두를 사면 음료 한 잔이 무료다. 바리스타가 이번에도 묻는다.

"바닐라라테시죠?"

"저 이번엔 솔티캐러멜라테 아이스로 주세요."

손이 더 가는지 커피를 내리는 손길이 바쁘다. 우유에 커피를 붓는 과정은 언제나 새롭다. 하얀색에 짙은 갈색이 가라앉았다가 퍼지는 모습은 우아한 다이빙 선수를 떠올리게 한다.

아직 덜 섞인 커피가 카운터에 올라온다. 은근한 기대가 섞인 눈을 피하며 한 모금 입에 넣었다. 소금과 캐러멜, 쓴 커피가 혀끝에서 어우러진다.

다음엔 저 커다란 메뉴판 속의 커피들을 하나씩 마셔봐야지. 작게 실패하고, 작게 성공해봐야지. 내가 지나쳐버린 소소한 기회들을 되새겨야지. 속으로 다짐하며 커피가 맛있다고 호들갑 떨며 나왔다. 그는 건조하게 배웅했다.

　이제 풍경을 등 뒤에 두고 걷는다. 이태원과 경리단을 이어주는 언덕을 넘어가며 허벅지에 힘을 준다. 초등학교까지 올라가면 육교로 통하는 길이 나온다. 드라마에 나와 유명해진 곳이지만 오늘은 사람이 없다. 난간에 바싹 붙어 걸으니 진동이 미세하게 느껴졌다. 손잡이에 기대서 걸어온 길을 내려다봤다.

　온통 그 시절의 너와 나뿐이다.

　원두가 갈리는 동안 우산을 쓰고 기다리던 뒷모습.

　저 식당에서 먹은 모로칸샌드위치엔 새우가 적었지.

　이젠 광고가 붙어버린 저 외벽에서 너의 인생사진을 찍었는데.

　거리 위에 인장처럼 찍히는 나날들.

　제시간에 똑바로 온 밤, 외로움에 위로받는 이런 밤엔 왜 갈 수 없는 노스텔지어를 꿈꾸게 될까. 기억들은 참 쓸데도 없지. 부산스럽게 흐트러진 마음을 추스른다. 홀로 애틋하여 샌들을 타박거리며 걷다가도 한두 번 뒤돌아봤다. 가장 높은 지점에 다다르니 아래로 내려갈 일만 남았다. 가야 할 길도 까마득하다.

얼른 집으로 가자. 오늘의 나로 돌아가야지. 얼음이 녹아버린 커피처럼 맹맹한 기분은 맥도날드 앞에 버리고 와야겠다. 해야 할 일 하나는 빅사이즈 옷가게 앞에서 떠오를 것이다. 밥을 먹으며 볼 영화 제목은 마트 앞에서 튀어나오겠지. 가는 길엔 두부 한 모와 비엔나소시지를 사야겠다.

혼자가 된 달을 따라 혼자인 내가 걷다 보면 따스한 집에 도착할 것이다.

이 밤 아래 우리들은 모두 같아.

누군가와 사는 것이 쉬운 적은 단 한 번도 없었다. 가족과도 어려운데 하물며 룸메이트는 생각해보지도 못했던 선택이었지만 서울이라는 도시에 안착하기 위해 짧게는 6개월, 길게는 2년 동안 꾸역꾸역 누군가와 공간을 나누며 살아왔다.

방 구하기 카페에서 알게 된 세 번째 룸메이트는 나보다 세 살이 많은, 소담한 체격에 단발머리가 잘 어울리는 직장인이었다. 전혀 다른 조합의 둘이었다. 나는 크고 그는 작았다. 나는 야행성이었고 그는 아침형 인간이었다. 나는 내가 하고 싶은 일에만 능동적으로 움직이는 평소엔 게으른 인간이었고, 그는 하루 일을 끝내고 돌아와서는 미드 〈프렌즈〉로 영어공부까지 하는 성실함을 가졌었다. 우리는 어색했고 어느 정도 이상 친해지질 못했다. 스텝을 맞추지 못하는 이인삼각처럼 뒤뚱거리면서도 어떻게든 나아가는 꼴이었다. 좋아하는 것도 추구하는 삶도 완전히 다른 두 사람이 편히 있을 쉼터를 가지기 위하여, 서울에서 삶을 살아내기 위하여 합의점을 만들고 지켰다.

어제까진 얼굴도 모르던 타인들이 한 공간을 나눠 쓰는 것은 이상한 경험이었지만 둘 중 하나가 없다면 강남이라는 구역의 방 한 칸을 감당하지 못할 것을 그도 나도 알고 있었다. 도시의 집값 앞에선 말이 안 되는 말로도 대화할 수 있었다. 속내를 털어놓는 일은 드물었지만 그렇다고 우리가 사이가 안 좋은 것은 아니었다. 좋지 않다고 나쁜 것은 아니니까. 겨우 찾은 공통점이라면 할 말을 미뤄두는 것. 그래서 2년이라는 시간 동안 함께할 수 있었다. 여하튼 여자 둘은 여덟 평의 원룸에서 닮은 것 없이 잘도 살았다.

그는 회사에서 집으로 돌아오면 바지런하게도 곧장

샤워를 했다. 긴 물소리를 들으며 눈을 감으면 맑은 날에도 소나기가 내리는 것 같았다. 머리에 수건을 둘둘 만 채로 냉장고를 열며 그는 내게 묻곤 했다.

"맥주 한잔할래?"

"나 술 잘 못 하잖아."

"맞다. 그지."

따끈해진 몸을 차갑게 하는 맥주 한 캔. 그의 어른 같은 습관이었다.

가느다란 목선이 울렁인다. 짤막하게 내뱉는 탄성. 자리에 서서 호쾌하게 한 캔을 다 비울 때쯤 되면 그는 가뿐해 보였다. 나는 그것이 신기하기도 하고 부럽기도 했지만 따라 할 순 없었다. 술은 쓰기만 한데 무엇이 그렇게 시원하고 개운한지 궁금했다. 맥주의 맛을 알기엔 나는 아직 모자란다는 나름의 자격지심이 생겼다.

그가 수줍은 시도로 친밀해지려 했다면, 나는 수다스러움으로 사이를 좁히려 들었다. 마주 앉은 밥상의 너비만큼 침묵이 쌓일 때, 배겨내지 못하고 입을 여는 것은 주로 나였다. 여물지 못한 나는 인터넷상의 이야기를 긁어모아 그를 웃기려 노력했다. 개인의 이야기는 따분했지만 모니터 안에선 즐겁고 신기한 일이 가득했으니까.

깊은 이야기는 부담스럽지만 소통은 하고 싶은 이들의 대화는 겉돌 수밖에 없다. 눈치 보지 않고 말할 수 있는 주제들은 내가 아닌 남의 사정뿐이었다. 당시 나는 새롭게 떠오르는 인터넷 커뮤니티들에 올라오는 잡다한 이야기들을 그에게 자주 들려주곤 했다. 이런 신조어가 생겼고, 누구는 어떤 인터뷰를 했으며, 댓글은 이러이러하다. 세상엔 위트 넘치는 사람들이 가득하다고. 나의 좁은 생활반경에서 나올 수 있는 이야기는 거기까지였다.

내 얘기에 귀 기울이던 그는 자주 알 듯 말 듯한 표정을 지었는데 어떤 날부터는 듣기 싫다는 티를 냈다. 평소 지적인 그라서 내가 너무 경망스럽고 가벼워 보였나 부끄러워 자책했다. 굳은 얼굴에 슬픔이 섞여 있다는 것을 나는 몰랐다. 눈치 채지 못하는 기척은 늘어만 갔다.

모두 잠들어야 할 어떤 새벽, 아르바이트를 끝내고 돌아와 대충 이불을 펴고 누웠다. 불을 켜지 않고 알람시계를 꺼내려 낮은 밥상을 더듬는데 포스트잇 한 장이 잡혔다. 직감적으로 손에 든 얄팍한 종이가 내게 보내온 경고임을 알았다. 혹시 다른 룸메이트를 찾아보라는 얘기인가 싶어 땀이 쭉 났다. 서둘러 휴대폰 불빛으로 메

모를 훑기 시작했다. 예상 밖의 내용이었다.

'네가 인터넷에서 본다던, 가끔 입에 올리는 그 사람과 얼마 전 헤어졌어. 네가 얘기할 때마다 가슴이 내려앉는 기분이야. 더는 그 남자와 관련된 이야기는 듣고 싶지 않아.'

숨을 크게 들이마시고 이불 속으로 숨었다. 글의 중량이 가벼운 이불을 쇳덩이처럼 눌렀다. 그는 침대 위에서 나는 바닥에서 등을 돌리고 누워 있었다. 어둠 속에서도 아직 그가 깨어 있음을, 그도 내가 잠 못 들 것을 알고 있었다. 사랑의 무게와 죄책감의 무게를 견디는 밤이 시작되었다. 숨소리도 시끄러운 어둠의 중심에서 눈만 질끈 감았다.

얼마나 시간이 지났을까. 아주 미세한 뒤척임이 깃털처럼 귀를 쓸었고, 엷은 연필 선처럼 흐느끼는 소리가 불규칙하게 흩어졌다. 서러움은 침대에서 흘러내려 바닥에 누워 있는 나에게도 뚝뚝 떨어졌다. 몸을 덮은 천이 들썩거리는 소리, 눈과 코를 억지로 틀어막아서 나는 먹먹한 숨소리. 그가 내는 소리들로 이별의 상황을 엿봤다.

애써 피한 아픔을 훔쳐 듣던, 원치 않는 밤. 개인의

공간을 허락하지 않는 서울의 집값을 원망했고, 사진 속에서 어색하게 웃던 이름만 아는 그의 전 남자친구를 어설프게 미워했다. 슬픔이라는 것은 곁에 있는 이에게도 어떻게든 자국을 남긴다. 이 시간이 지나고 혹시나 인터넷 너머에 있는 남자의 소식을 듣는다면, 나는 자동으로 오늘 밤을 떠올릴 것을 알았다. 훌쩍거리는 눈물 소리를 따라서 새벽이 느리게 오고 있었다.

그와의 기억은 여기에서 끝이다. 나는 얼마 지나지 않아 다른 룸메이트와의 생활을 시작했고, 그는 강남 조그마한 빌라에 남았다. 성급하게 잘라버린 기억의 여파는 시간이 지나서야 효력을 발휘한다.

지금까지도 나는 샤워를 마친 그가 볼이 발간 얼굴로 맥주 한 캔을 건넸을 때 받아주지 않았던 것을, 떠나는 날 전화가 아니라 얼굴을 보며 고마웠다고 이야기하지 못했던 설익은 행동을 문득문득 떠올린다. 지긋지긋하다 여긴 20대의 한 계절을 후회한다.

하지만 그는 어디서든 현명하게 잘 지내고 있을 것을 확신한다. 눈물을 닦고 멀쩡한 얼굴로 출근하던 뒷모습은 여전히 뇌리에 남아 있다. 가늘게 떨렸지만 꼿꼿하던 가녀린 등도 그대로겠지.

그때 그 부서지기 쉬웠던 나날에 나는 당신의 위안이 되었을까. 보잘것없고 철없던 어린 룸메이트는 때때로 흐릿한 이름을 되새긴다. 늦은 새벽, 작은 방으로 돌아와 가느다란 숨소리를 듣는 것만으로 내가 그곳에 존재함을 느꼈다. 지나고 보니 당신은 내게 큰 조각을 떼어주었구나. 우리는 서울이라는 거대한 도시의 톱니바퀴를 맨발로 밟으며 따로 그러나 함께 걸었다. 같은 밤 속에서 등을 돌리고 서로를 연민하곤 했지. 닮은 표정을 하고.

　요즘도 그의 전 남자친구에 대한 소식은 신문에서든 인터넷에서든 가끔 접하게 된다. 그리고 그때마다 얼굴 하나가 떠오른다. 기억은 그를 따라 그린다. 가는 손목과 앙다문 입술을. 오밀조밀하던 취향을. 불면의 밤을 가로지르던 낮은 울음소리를. 건넸던 맥주 캔에 송골송골 맺혀 있던 물방울을. 그 맛은 방금 냉장고에서 꺼내온 네 캔에 만 원이라는 맥주와 비슷할까. 이제야 엇비슷하게 그 풍미를 알게 된 것 같은데.

○ 〈Somos Todos Iguais Nesta Noite(이 밤 아래 우리들은 모두 같아)〉(1977), 브라질 뮤지션 이반 린스(Ivan Lins)의 노래 제목.

경계 위의 작은 집

"이 남자야."

후배 제이가 들어 올린 휴대폰 액정 안에선 한 남자가 순둥하게 웃고 있었다. 파란 눈동자가 사진의 국적마저 지워서 이곳이 한국인지 미국인지 잠시 헷갈렸다. 자기가 좋아하는 사람이 다른 이들 마음에 들길 얼마나 바랐을까. 조금이라도 더 잘 나온 사진을 보여주려 뒤적거리는 그의 손은 한참 망설였다.

제이는 어느 자리에서든 환영받는 경쾌한 사람이었고 누구나 이 아이를 사랑했다. 그런 제이가 주저앉은 날을 기억한다. 그렇지 않아도 작은 몸을 웅크리고 더 조그맣게 울었다. 메마른 등을 끌어안고 사랑이 뭐 이따위냐고 화도 냈는데, 1년이 지나고 제이는 믿을 만한 사람을 만난다 고백했다.

"나, 이 사람이랑 사귀고 있어."

부끄러운지 화면을 뒤집으며 제이가 미소 지었다. 7년을 가까이 만나도 몰랐다. 아, 너는 사랑을 하면 이렇게 웃는구나. 반할 뻔했다.

제이의 손을 잡고 나온 남자는 수줍게 저스틴이라 불러달라고 요청했다. 생각보다 더 단단하게 한국어를 구사할 줄 아는 사람이었다. 내 말을 흘려듣지 않으며 어려운 단어가 나왔을 땐 몇 번이나 "그건 무슨 뜻이에요?"라고 되물어 날 진땀나게 했다. 그냥 내뱉는 말이 아니라 다시 한 번 의미를 되짚는 대화를 덕분에 할 수 있었다.

"기다렸어?"

시간 맞춰 나온 한 쌍의 커플이 한 몸처럼 묻는다. 결혼을 앞두고 유대감이 더 깊어진 건지 두 사람이 닮아 보이기도 한다. 나는 저스틴과 호들갑 떨며 가볍게 포옹했다.

이제 저스틴과 나는 제이가 잠시 자리를 비워도 어색해하지 않는 사이가 됐다. 그것이 참 기뻤다. 볕 좋은 날 낮맥 하기 좋아하는 커플을 따라 단골 맥줏집으로 들어갔다. 아르바이트하는 MJ가 손을 흔들며 무심하게 맞이했다. 평일 오후라 그런지 열두 평 남짓한 가게에 손님이 우리밖에 없었다. 셋이 나란히 높은 바 의자 위에 앉아 미지근한 바람을 맞으며 맥주를 한 잔씩 시켰다. 날이 따뜻해 통 유리문을 모두 열어놓았는데도 춥지 않았다.

화제는 저스틴이 새로 들어간 회사가 되었다가, 비자와 한국어능력시험으로 흘러갔다가, 둘의 결혼식장 이야기로 넘어가기도 했다. 제이는 이런 건 꼼꼼히 따져봐야 한다며 결연한 표정을 지었다가, 한순간 다 포기한 것처럼 지친 얼굴로 변했다가, 새 신부처럼 벌써 환해지기도 했다. 변덕스럽게 사랑스러웠다. 듣고 있던 MJ가 끼어들었다.

"이제 결혼하는 거야?"

"응, 근데 너무 막연하네."

제이가 바 안에 있는 MJ 쪽으로 몸을 틀었다. 대화하는 사람이 넷으로 늘어 자연스럽게 둘로 나뉘었다. 저스틴은 나를 향해 의자를 돌려 앉았다. 그는 이제 어떤 식상한 질문을 던져도 솔직한 답을 주었다. 금발에 파란 눈을 가진 새로운 친구에게 묻고 싶은 것이 있었다.

"저스틴, 한국이 좋니?"

"응. 이젠 여기가 더 익숙해."

"미국도 그립지 않아?"

"그렇긴 한데 미국에 있으면 한국이, 한국에선 미국이 그리워."

나는 한순간 슬퍼진다.

"너도 경계인이구나."

"그게 뭐야?"

저스틴이 어린아이처럼 맑게 묻는다.

경계 위에 서서 어디에도 속하지 못한 사람. 같은 언어를 쓰고 있지만 어디서든 동떨어진, 마음은 외지 사람. 한곳에 적응하지 못하고 어정쩡한 상태로 이곳도 저곳도 아닌 내 집을 찾는 사람. 남들이 그어놓은 선을 또렷하게 느끼는 사람. 남겨놓은 것들을 버리지도 못하고 그저 그리워하며 사는 사람. 그가 이해하는 데 도움이 되길 바라며 일일이 열거했다. 내가 예시로 든 사람들은 모두 외로움과 닮아 있었다.

저스틴은 나의 서툰 설명에도 고개를 끄덕였다. 앞으

로 평생 이 땅에서 그렇게 살아가야 할지 모른다는 것도 어렴풋이 알고 있었다.

"그래도 이제 나의 집은 여기가 될 거예요."

제이는 아예 바에 상체를 기대고 MJ와 수다를 떨고 있다. 그런 옆모습을 바라보는 저스틴의 얼굴은 편안하다. 미소를 짓느라 애쓰지 않는다. 왜 그런지 나머지 말은 듣지 않아도 이미 알 것 같았다.

"너는 여기에 계속 머무를 거야?"

"아직 잘 모르겠어."

"어디에서든 빨리 네가 맘 편한 곳을 찾으면 좋겠다."

선 위를 아슬아슬하게 주변인의 모습으로 걸으면서 어디에도 속하지 못하는 나도, 어쩌면 정착을 원하는지 모르겠다. 그렇다 해도 그건 아직 오지 않은 일. 이 경계를 버석버석한 발로 얼마나 걸을지 모르나 혹여 평생을 걷게 되더라도 어쩔 수 없겠지. 하지만 내가 집이 되어주고 싶은 사람을 만난다면, 누군가 나의 집이 되어준단 이를 만난다면, 눈앞의 찬 마음을 끌어안아주고 싶다면, 그땐 잠시 쉴지도 모르지. 그런 날이 온다면 서로가 겹쳐지는 경계 위에 조그마한 집을 지을지 모르겠다.

언제부터인지 우리 둘의 대화를 흥미롭게 듣고 있던

MJ가 새로 나온 맥주를 추천했다. '무진기행', 김승옥 작가의 단편소설과 제목이 같다. 이름 지은 사람이 누군 진 몰라도 지금 소설 속 주인공처럼 한창 방황하고 있으 려나.

"6.5도라서 도수는 좀 돼. 짙은 안개 같은 맛이 난다 는데 그건 잘 모르겠고 그냥 맛있던데."

"좋네. 그걸로 주라."

맞아. 원래 모든 건 안갯속에 있는 거지.

나의 산토리니

나 홀로 사는 곳은 너무 높이 있거나, 너무 낮게 있었다.

서울에서 자취를 시작하고 처음 생활한 15층 고시원, 보증금 300만 원에 월세 35만 원이었던 서대문 재개발 지역 언덕집, 홍대의 반지하까지. 지그재그로 그어지는 생활반경이 부끄러워 입을 닫은 적도 여러 번이다. 가난의 사정을 나열하는 건 고단했다.

일을 끝내고 반지하로 걸어 내려가거나 산처럼 높은 언덕을 오르다 보면 쓸데없는 상상이 피어올랐다. 나는 샌드위치의 빵이 아닐까. 흰 빵처럼 맨송맨송하게 맛깔

나는 주인공들을 위나 아래에서 덮어주면서, 싱싱한 삶을 가진 그들을 더욱 돋보이게 만드는 퍽퍽한 존재가 아닐까. 그래도 한낱 시든 빵 쪼가리와 닮은 공간이라 해도 나는 내 반지하와 언덕배기집을 궁전이라 부르며 사랑했다.

시간이 지나며 두 평에서 이어진 서울 생활은 열다섯 평 빌라로 조금씩 상승했다. 집에 담은 삶도 커져갔다. 지금 내 집은 보증금 1,000에 월세 55. 역시 지대가 높지만 그 덕에 시야가 탁 트인, 커다란 창이 있는 3층에 지어졌다. 나는 이 공간의 마지막 거주자가 될지 모른다. 몇 년 내로 재개발되어 곧 허물어질 낡은 빌라지만 풍경이라는 단어가 허락되는 곳이다.

지어진 지 못해도 30년. 코팅이 떨어지기 시작한 오래된 창문은 여닫을 때마다 높은 소리가 난다. 베란다도 없고 욕조도 없지만 있는 것이 더 많다. 한낮의 햇살, 한밤의 고요. 사라질 것들을 매일 보는 것은 쓸쓸한 호사다.

굳이 밖을 내다보지 않아도 창밖은 화면보호기같이 평화로운 일상이 피었다 지었다 한다. 동네라는 밑그림 안에서 하루는 네모반듯하지 않다. 조용히 같고 다르다. 산토리니의 '이아마을'처럼 푸른 바다와 석양에 붉게 물

드는 하얀 집들은 볼 수 없어도, 여기서 나름 힘주어 멋을 낸 지붕들을 보는 것도 기분이 괜찮다.

집들의 정수리를 잘 보면 비슷비슷해도 조금씩 디테일이 다르다. 파란 지붕에 칠해진 바다, 녹색 우레탄 옥상에 깔린 풀밭, 도시에서도 우린 돌아갈 장소를 만들고 산다.

맑은 오후가 되면 갈색 물감으로 대충 문지른 것 같은 낡은 거리에도 변화가 생긴다. 운동회 만국기처럼 펄럭이는 빨래와 하굣길의 시끌벅적 아이들, 길을 재촉하는 어른들과 골목에서 느긋하게 수다 떠는 어르신들. 사람 사는 일은 모두 풍경이 된다.

밤이 되고 하늘의 조명이 꺼지면 거리는 저 높고 낮은 곳에 네가 모르는 이들, 더 있다고 말한다. 총총 박힌 가로등과 아직 꺼지지 않은 건너편 창문. 어둠이 조금 더 깊어져 세상의 소리가 눈을 감으면 불을 더 밝힌다. 이 시간 홀로 집으로 돌아가는 누군가가 이 불빛을 보고 안심하길 바라며.

다시 아침이 되면 나의 산토리니는 어젯밤을 깊이 넣어두고 너른 빛에 씻길 것이다. 나 하나밖에 없어서 늘 나만 생각하다가도, 창밖을 내다보면 동네를 구성하는 사람들의 풍경이 줄지어 그려진다. 나는 혼자지만 막연하고 확실한 당신들과 함께 산다.

얼굴 모르는 타인들의 삶이 모여서 하나의 마을을, 나라를, 지구를 이루는 것까지 맘이 가서 닿으면, 저 멀리 산토리니에 살고 있을 누구 씨도 나와 비슷한 생각을 하고 있을지 모른다는 근거 없는 동질감이 스멀스멀 피어오른다.

살면서 앞으로 얼마나 많은 사람들의 이름을 외우고 살아갈지 모른다. 최선을 다한 만남 뒤에도 누군가는 남겨질 것이다. 나와 당신은 교집합, 합집합이 되었다가 어떻게든 다시 혼자가 될 것이다. 그리고 혼자인 우리는 이야기가 될 것이다. 위인들의 기록은 역사가 되었다. 아무 일 없이 평범한 나의 기록은 이야기가 되어 남는다. 마른 빵 같은 존재라 해도, 나는 하나의 이야기로서 최선을 다할 것이다. 나는 내 역사의 목격자로 순간순간을 살며 나와 당신들의 이야기를 써 내려갈 거다.

그러니 진짜 산토리니에 살고 계실 누구 씨. 조금만 외로우시길. 먼 곳에 있는 제가 가끔 생각할게요. 우리의 상상력이 허락한다면 언젠가 쓰일 이야기 속에서 만나요.

푸른 눈동자의 미래

"누나 토요일에 뭐해요? 초밥 먹으러 나와요."

그날은 준의 생일이었다. 마다할 이유가 없던 나는 오후에 남성용 화장품을 하나 사서 책상 위에 올려두었다.

준의 생일날 프랜차이즈 초밥 뷔페에 모인 인원은 총 여섯 명. 나, 과묵한 분위기 메이커 명, 마냥 소녀 같은 제이와 남편 저스틴, 그날의 호스트 준과 그의 연인 톰이었다.

외국인이 둘이나 있는 조합이었지만 저스틴과 톰은 한국어를 잘하는 사람들이라 소통에 문제 될 것은 없었다. 그들의 이 나라에 대한 애정은 연인에 대한 사랑만큼 컸다. 누구에게나 친절했고 마음 주려 했다. 나도 그 마음을 받은 사람 중 하나였다.

내일 톰은 영국으로 떠난다. 이 자리에 와서야 알게 된 사실이었다. 그는 수줍음을 많이 타는 맑은 소년이었고 이별이란 단어에도 익숙해 보이지 않았다. 하긴 그 누가 헤어짐에 편안할 수 있을까.

"저를 길러주신 할머니가 많이 아파요. 그래서 꼭 가봐야 해요."

누가 묻지도 않았는데 먼저 해명하는 톰의 목소리는 자꾸 가라앉았다.

준과 톰, 두 사람 앞에 잔뜩 놓인 쇼핑백에는 한국 마스크팩이 꽉꽉 차 있었다. 고향으로 돌아가서 사람들에게 줄 선물을 샀다고 했다. 이 정도로 살 생각은 아니었지만 욕심을 좀 부렸다 웃었다.

"50만 원 썼어요."

준은 아무렇지 않은 듯 말했지만, 저 쇼핑백 안엔 하나라도 더 주고 싶은 아쉬움과 이른 그리움까지 담겨 있겠지.

통 먹지 못하는 톰과 준을 제외한 넷은 위장의 한계

까지 초밥을 밀어 넣었다. 누가 더 많이 먹는가에 승부가 달린 것처럼 우린 눈앞에 놓인 초밥 접시 개수를 세고 웃고 떠들었다. 배 속에 음식을 꾹꾹 채워도 이상하리만큼 헛헛했다.

뷔페에서 나와선 당연한 것처럼 모두 준의 집으로 향했다. 간간이 모여 떠들었던 아지트. 손님들을 위한 차와 식사, 여유가 빼곡한 집. 내일부터 이곳에 한 사람은 없다.

둘이 사는 공간엔 아직 톰의 존재감이 가득했다. 톰과 준이 함께했던 흔적들. 디퓨저 향기와 생활의 내음. 두 사람이 함께 얼굴을 맞대고 찍은 폴라로이드, 준이 찍었을 것이 분명한 튤립 앞의 톰, 누군가의 손을 빌려 찍은 어색한 두 사람의 커플 사진. 큰방의 한 면을 채우고 있는 두 사람의 사진들이 마치 사랑의 지도 같다.

우리는 불을 켜지 않은 채로 소파 위에 제각각 앉아 그동안 톰이 찍어놓은 유튜브 클립을 봤다. 한국에 있는 동안 어딜 갈 때마다 동영상을 찍었던 톰의 습관이 기록으로 남았다. 화면 안에서 톰과 준은 많은 곳을 함께 걷고 있었다. 술 박물관이기도 했고, 지방의 축제이기도 했다. 그 자리들에 없던 나를 제외한 다섯은 당시의 사건들을 이야기하면서 마지막 날의 의식을 행했다. 평소처럼 크게 웃고 크게 떠들었다.

목이 말라서 나온 나를 준이 따라 나왔다. 커피를 안 마시는 준은 카페인으로 연명하는 손님을 위해 커피머신을 새로 들여놨다며 라테를 한 잔 뽑아주었다. 테이블 위에 잔을 내려놓으며 앞에 놓인 냉장고 문을 한참 바라봤다. 보통보다 훨씬 큰 양문형 냉장고에 준과 톰이 써놓은 고백들이 빛났다.

'사랑해, 준. 언제나.'

톰이 서툴게 한글로 적어놓은 왼쪽 문, 그에 보답하듯 준의 답은 오른쪽 문에 적혀 있었다.

'I Love You Tom. Always.'

사랑하는 사람의 이름을 제 이름으로 부른다던 영화 〈콜 미 바이 유어 네임〉이 떠올랐다. 당신이 더 선명하게 알아들을 수 있도록 서로의 나라, 뿌리의 언어로 쓴 고백. 서툴지만 조금이라도 더 깊게 닿으려 애쓴 시도들. 이 경험들을 두고 톰은 내일 떠나야 한다.

"저것도 지우려고요."

내가 오랫동안 냉장고를 바라보고 있는 것을 알아챈 준이 말했다.

"더 오래 생각하고 나서. 나중에. 돌아올 거야."

나는 말했다.

벌써 밤 10시, 출국은 내일 오전 11시. 이제 연인에겐 하루의 시간도 남지 않았다. 마지막 밤의 두 사람은 또 얼마나 많은 약속을 나누며 서로를 안심시킬까. 그럴 시간과 두 사람만의 맹세가 필요했다.

케이크를 둘러싸고 생일 축하 노래를 불렀다. 연인은 눈을 감고 소원을 빌며 촛불을 껐다. 자리에 있는 모두는 초코케이크를 나눠 먹으며 톰에게 덕담처럼 한마디씩 했다. 말은 다르지만 뜻은 같았다. '넌 곧 돌아올 거야.'

뜻하지 않게 헤어지는 사람들은 속내를 다 털어놓지 못하고 곧 만날 거라고 주문을 건다. 그게 거짓말이 되건 진실이 되건 지금은 막연한 희망에 모든 것을 의지한다. 뱉은 말은 이루어진다는 마법을 믿으면서. 그 간절함에 힘을 보태고 싶었다. 친구들은 확신하며 준과 톰, 불안한 연인을 다독였다.

돌아가는 길, 어수선한 현관에서 신발을 신으며 한 명씩 톰을 안아주었다. 우리의 온기를 그가 잊지 않기를. 아주 미약하게나마 다시 돌아올 이유 중 하나가 되기를. 마지막으로 내가 톰의 눅눅한 등을 안았다. 언제 다시 느낄지 모르는 기약 없는 온기를 누려본다.

톰에게 준의 마음을 내가 대신 전해줄 차례였다.

"빨리 다시 와. See you soon."

가볍게 흔들리는 몸을 떼어내니 눈에 그렁그렁 눈물이 맺혀 있었다. 조명에 비쳐서 반짝반짝 빛나는 것이 보석보다 예쁘다. 얘 운다. 또 운다. 울지 마. 곧 올 거면서. 우리는 마지막까지 깔깔거리며 손을 흔든다.

푸른 눈동자에 담긴 이 연인의 미래가 다시 이어지길 바랐다. 언젠가 오늘이 두 사람의 아무렇지 않은 이야깃거리가 될 날이 오길 바랐다.

로맨스는 어떻게 생겨나는 걸까

1

이별은 목 끝에 제일 먼저 걸리는 걸까. 헤어지자는 말을 삼키자 식도가 싸하고 속이 꿈틀거렸다. 마음의 대미지는 몸으로 전이되어 나는 순식간에 상처 덩어리가 됐다. 뭉텅이의 부피는 작아졌지만, 여전히 응축된 감정을 끌어안고 헤어진 그날에 머물러 살아갔다.

징글징글한 사랑의 여파는 감정의 기본 바탕이 되었다. 혼자를 보낼 때도 친구를 만나거나 밥을 먹을 때도 책을 읽거나 영화를 볼 때도 그의 잔상은 일상과 겹쳐졌다. 자주 울컥했고 코끝으로 올라오는 매운 자기연민으로 여러 날을 앓았다. 상실감은 추슬러지는 것이 아니라 아주 조금씩 깎여 나가는 조각, 멀리 던져졌다 돌아오는 부메랑과 같았다. 사그라들 만하면 다시 깨어났다.

혼자 우는 것이 무색할 정도의 시간이 지나자 그에 대한 감정을 가두는 일에도 익숙해졌다. 잘 견디고 있었다. 감추려면 얼마든지 감출 수 있다고 여겼다.

"언니 소개팅 해볼래?"

"뭐?"

제이의 뜬금없는 제안은 외국어처럼 낯설었다. 나와 그의 만남부터 지금 상황까지 지켜본 친구였다. 쌀국수를 들던 젓가락을 멈추고, 나를 잘 알고 있는 사람의 얼굴을 들여다보았다. 제이는 매운 양념을 풀며 입맛을 다셨다. 머릿속에 제대로 입력이 된 것이 맞는지 다시 한 번 물어봤다.

"소개팅?"

"응. 내가 며칠 전에 맥주를 마시다가…"

한가로운 정오, 장소는 해방촌의 단골 맥줏집. 제이는 남편과 브런치 후 맥주를 마시다가 목을 축이러 온 남자를 발견했다. 그는 가지고 온 책을 읽기 시작했다. 헐렁한 표정이었다. 잠시 후 에일 맥주가 나왔고 잔을 받기 위해 남자가 일어났다. 순간 뜬금없이 내가 생각났다는 거다.

"그래서?"

"남편이 소개팅 해볼 생각 없냐고 물었지."

"아니 왜?"

"그 남자도 좋다고 하던데?"

내 오랜 열병을 알고 있는 그들은 이제 내가 다른 사람도 만나볼 필요가 있다고 느꼈다 했다. 그만하면 됐다고. 눈을 돌려보는 건 어떠냐고. 다정다감한 부부는 그 남자를 본 순간 나와 어울리는 짝이라고 생각했나 보다.

"네가 내 생각을 해줘서 참 고마운데…."

"부담 가지지 말고, 그냥 친구 해봐."

친구라는 단어의 무게가 조금 다르게 얹힌다. 의도한 성인 남녀의 만남은 약간의 부담을 감수한다. 덕분에 편하기도 하다. 확고한 취향을 버릴 이유가 줄기 때문이다. 나의 취향은 여전히 '그'였고 그 사실이 못내 슬프기도 했다. 다른 만남이 생기면 내 고집을 버릴 수 있을까.

"내가 아이디 넘겨줄게. 기다리고 있을 거야. 언니 아이디도 그쪽에 넘겨줄게. 연락 오면 그 사람이라고 생각해."

먼 곳에서 잘 먹고 잘 사는 그의 소식을 접할 때마다 명치가 찌르르 아려왔지만 철모르게도 이 사랑이 버려질 때까진 두겠다고 했었지. 변한 건 아니지만 다른 사람을 만나지 않겠단 다짐은 하지 않았으니까 괜찮지 않을까. 노래 제목처럼 혹시나 어쩌면 만약에, 사랑이 다른 사랑으로 잊히진 않을까.

쌀국수를 먹고 제이와 몇 잔의 낮술을 마시고 들어왔다. 술을 즐기는 편이 아니라서 속이 부글거렸다. 위장을 헤집는 기운 덕분인지 귀찮음을 싸워 이길 수 있을지도 모른다는 이상한 치기가 올라왔다. 저녁 8시경 낯선 프로필의 상대에게서 첫 메시지가 왔다.

'안녕하세요. 혹시 해방촌에서 만난 부부의 언니 맞나요?'

'아. 네, 안녕하세요. 제가 그 언니예요.'

해방촌에서 만난 부부의 언니. 호칭이 길고 장황하지만, 기꺼이 그 언니가 돼주기로 했다.

'이런 일 처음이라 당황했지만 신기하네요.'

낯선 이와의 대화에서 잠시 잊고 지냈던 탐색전의 데자뷔가 몰려오기 시작한다. 질문들이 이어지자 내가 왜 다시 이 고단한 일을 하는 걸까 벌써 항복하고 싶어졌다.

'진짜 본명 맞아요?'

'프로필 소개글이 참 재미있어요. 무슨 뜻인가요?'
(나의 프로필은 '치킨보다 백숙이 좋습니다'이다.)

'사는 곳이 어디세요?'

'무슨 일 하세요?'

'언제 시간 되시면 맥주나 한잔할까요?'

귀찮음과 비밀을 감추며 핑퐁처럼 오가는 대화. 컴퓨터 밖에서 무표정하게 응답하는 '넵'과 'ㅎㅎㅎ', 가끔은 이모티콘. 호기심이 쌓이는 것이, 서로를 알아가는 것이 그새 지겹다. 말없이도 편했던 그가 그새 머릿속에 튀어나온다. 그만 좀 하자. 자세를 고쳐 앉고 노란 대화창에 답글을 두드렸다.

'술 말고 다음에 시간 되면 낮에 커피 한잔해요.'

1이 사라지자마자 답이 온다.

'제가 커피를 잘 마시질 않아서요.'

'아, 네.'

취향과 습관으로 상대를 평가해선 안 되지만, 내 꼬인 속은 거친 비교질로 상대에게 괜히 마이너스 점수부터 주려고 한다. 다시 한 번 내 목적을 다잡는다.

'아섭네요. 그럼 다음에 날 좋을 때 제이랑 같이 만나요.'

'술 싫으시다면 혹시 다음 주 금요일에 저녁 식사 어 떠세요?"

이번엔 남자가 다른 각도로 치고 들어왔다. 오늘은 일 요일 저녁. 평일이었다면 일 때문에 피곤하다 거절이 가 능했고 주말이었다면 약속이 있다고 미룰 텐데 금요일 은 좀 애매하다. 만약 서로 별로라면 뭐든 핑계 대고 헤 어질 수 있는 불금. 그 정도는 허용되지 않을까.

'아, 다음 주 금요일 저녁은 괜찮네요."

'그럼 용산역에서 6시에 보는 거 어때요? 새로 생긴 건물에 좋은 태국 식당 알아요."

'그럴까요? 그럼 그때 봬요."

'그날 맛있는 거 먹어요.

'네. 좋은 저녁 되세요.'

'고마워요. 그쪽도요.'

메신저 창을 끄고 잠시 멍하게 앉아 있었다. 진이 다 빠졌다. 이제 이런 대화에 신경을 곤두세우기도 쉽지 않 구나. 무엇보다 설레질 않아서 서글프다. 누구는 두근거 리지 않아도 만남도 연애도 가능하다는데 나는 왜 그럴 수가 없을까. 그렇지 않아도 비루한 연애 능력이 쪼랩이 라는 것을 실감하며 며칠을 보냈다.

약속 장소에는 다른 사람보다 머리 하나는 더 큰 남자, M이 서 있었다. 그는 베이지색 면바지에 청색 터틀넥을 입고 있었는데 바짓단이 껑충했다. 전체적으로 나와 비슷한 기다란 인상이었다. 가만히 있어도 놀란 것 같은 큰 눈이 인상적이었다. 그는 정리되지 않은 곱슬머리를 대충 쓸더니 내 가르마를 내려다보며 인사했다.

"반가워요."

"저도 반가워요."

"배고픈데 식사하러 갈까요?"

용산역에서 신축 건물까지 함께 걸으면서 그는 이런 일은 처음이라 호기심이 생겼다고, 우린 재미있는 인연이 될 수 있겠다 말했다. 나는 그럴 수도 있겠다는 모호한 대답을 흘렸다. 초행길도, 곁에 있는 사람도 버거워 자꾸 가방끈을 잡은 손에 힘이 들어갔다.

식당은 입소문이 났는지 사람이 많았다. 안내받은 작은 테이블에 마주 앉아 숨을 골랐다. 메뉴를 정하고 나니 매장에 틀어놓은 걸그룹 음악만 귀에 들어왔다. 할 말이 없는 것을 숨기기 위해 평범한 공통 질문을 시작했다.

"태국 음식 좋아하세요?"

"네. 특히 여기가 맛이 괜찮더라고요. 마음에 들면 좋겠어요."

"M씨는 또 어떤 음식 좋아하세요?"

콘솔을 조정하듯 가벼운 대화로 밸런스를 맞추며 M이 어떤 사람인지 실마리를 찾아갔다. 그 역시 내 의도를 더듬거린다.

새로운 건물에서 새로 생겼다는 음식점에 앉아 처음 보는 사람과 똠얌꿍을 기다리는 이 상황을 제삼자 입장으로 생각해봤다. 만약 이 장면이 드라마였다면 이쯤에서 플래시백이 촤라락 펼쳐지면서 내 앞에 그 사람이 앉아 있었을까. 내 마음은 또 반동처럼 다른 나라에 있을 그에게로 새고 만다. 내 앞의 낯선 이에게 자꾸자꾸 미안해지기만 한다.

"조깅하는 걸 좋아해요."

밥에 커리를 비비며 M이 말했다.

"요즘 미세먼지가 심한데 뛰기 힘들지 않아요?"

"아니요. 그냥 달려요. 마스크가 걸러주는데 다 들이마시면 되죠."

"목 따갑지 않나요."

그런 것은 대수롭지 않다는 듯 M은 고개를 저었다.

"뛰고 나서 물 한 잔 마시면 돼요."

"그렇군요."

건강에 좋지 않다고 말리는 것도 오지랖이라 잠시 할 말을 고르고 있었다.

"다음엔 영화 보러 가죠."

저번처럼 M은 예상하지 못한 허점을 찌르며 들어왔다. 만난 지 30분 만에 뜨거운 가지 커리 앞에서 다음 약속을 잡는 이 사람이 나는 신기하다. 어물어물하고 있었더니 M이 다시 무심히 치고 들어왔다.

"우리 세 번은 만나요."

어눌한 M의 말은 독특한 울림이 있었다. 희한한 방식으로 빛나는 사람이었다. 나는 아직 냉랭하지만 가능성을 타진했다.

지금 끓지 않는 온도도 조금씩 끌어올리면 어쩌면 타오를지 모른다. 호기심이 생겼다. 약속된 숫자를 다 채우면 낯선 두 사람은 어떠한 의미가 될 수 있는 걸까. 로맨스는 생겨나는 걸까.

이제 내가 결정할 차례였다.

로맨스는 어떻게 생겨나는 걸까 2

그와의 이별은 아주 느린 사랑을 복습하는 과정이었다. 몇 년을 더 되새김하면 잊힐지도 모를 일이었다. 후회하지 않는 것이 위안이라면 위안이었다.

자매 같은 은언니는 너는 왜 연애만 하면 그 지경이 되냐며 한참을 속상해했지만 그건 내 선택사항이 아니었다. 유전자가 다르듯 그렇게 사랑하라고 태어난 사람들도 있다. 마음을 소모할수록 앓을 수밖에 없었고 직전에 하필이면 다 쏟아부었다.

수치로 따지자면 포화에서 기근 상태까지 쭉 내려가

서 반동이 컸다. 내 안의 그를 신경 쓰다 보니 다른 사람을 알고 싶다는 의욕은 점점 사라져갔다. 누군가를 만나고 싶단 절실함이 없으면 속도를 내지 않게 되고 신호도 귀찮아진다. 가끔은 상대의 깜빡이를 알고도 모른 척 지나가기도 했다.

회복을 위한 시도를 멈춘 것은 아니었다. 그를 추억으로 만들기 위한 노력은 꾸역꾸역 진행 중이었다. 이 만남도 그중 하나였다. 어떻게든 잠든 내 사고 세포를 깨우고 싶었다. 연애든 아니든 새로운 만남마다 이렇게 밀어내는 내가 꼴 보기 싫었다. 그래도 이번엔 다음 출전권을 겨우 받아왔다.

M을 두 번째로 만나고 온 날은 무난하고 평범했지만, 뭐가 문제였는지 나는 방전됐다. 집에 돌아와 씻지도 않고 두 시간 동안 멍하게 유튜브를 봤다. 고단하고 몸이 쑤셨다. 같이 술 한잔 어떠냐고 묻던 그에게 이번에도 양해를 구했다. 세 번의 만남 동안 술은 마시지 않을 예정이었다. 원래 술을 즐기지 않는 성향인 탓도 있었지만, 알코올의 힘을 빌리며 반칙으로 감성을 간지럽히고 싶진 않았다…는 핑계다. 이런저런 이유를 대고 있지만 나는 억지로 M을 밀어내는 것이 확실했다.

더 최악인 건 예전의 그를 다시 그리워하기 위해 M을 이용하고 있다는 추측 가능한 이기심이었다. M의 얼굴에서 겹쳐지는 낯익은 추억의 윤곽을 되새기고 애틋함을 만끽하면서 여분의 사랑을 확인하고 있는지도 모른다는 죄책감이 몰려왔다.

그나마 M도 내가 좋아서 세 번 운운한 건 아닌 것 같았다는 게 다행이었다. 사랑에 빠진 사람 특유의 비죽비죽 비어져 나오는 분위기가 M에겐 없었다. 어쩌면 이것마저 자기합리화고 M에게 실수를 저지르고 있는 거라면 나는 더 별로인 사람이 되겠지. 그래도 나아가야 했다. 그와 나에겐 마지막 한 번의 기회가 남아 있었다.

미세먼지가 안개처럼 시야를 방해하던 날, 세 번째로 M을 만났다. 매캐한 공기에 자꾸 잔기침이 났다. 목도리를 여미었는데도 칼바람이 쏟아졌다. 나는 무릎이 훤히 보이는 M의 찢어진 청바지 사이에 머물 냉기를 상상했다. 보이는 부분마다 빨갛게 살이 터 있었다.

"춥겠다. 감기 걸려요."

"여기까지 뛰어왔어요. 괜찮아요."

"맞다. 조깅 좋아한다고 했죠."

M의 보폭을 따라잡으며 영화관으로 향했다. 에스

컬레이터의 앞뒤로 서서 내 등을 그의 가슴 앞에 두며 6층까지 올라갔다. 가끔은 뒤로 돌아 곧 흩어져버릴 잡담을 했다. 영화관은 내 생각보다 작았고, 좌석과 좌석 사이도 좁았다. 나는 M과 최대한의 간격을 만들고 싶어 반대편 손잡이 쪽에 엉덩이를 바싹 붙였다.

"4DX 영화 예매했어요. 물 떨어지고 의자 흔들리고 그럴 거예요. 4DX 좋아해요?"

"전 IMAX가 더 좋아서 IMAX로 보는 편이에요."

"IMAX가 왜 좋아요?"

"눈앞이 꽉 차서 동공이 확 커지는 기분이 들거든요. 그러면 영화가 더 크게 기억날 거 같아서요."

"재미있네요. IMAX로 예매할 걸 그랬나."

"아니에요. 4DX도 친해지면 좋죠."

애석하게도 4DX와 내가 살가워질 일은 없었다. 시야가 어두워지고 영화 예고편이 나올 때부터 고난이 시작되었다. 의자가 기울어지고 덜컹거릴 때마다 M의 도톰한 스웨터가 내 왼쪽 팔뚝에 스쳤고, 그의 긴 다리가 흔들리며 내 종아리를 치기도 했다. 옷과 옷 사이에 머문 체온이라도 닿을까 나는 바싹 긴장했다. 디스코팡팡을 탄 것처럼 엉덩이가 의자에 쾅쾅 부딪쳤다.

물이 흥건한 장면마다 의자 밑에서 정체 모를 액체가 쏟아졌고 의자가 갸우뚱할 때마다 내 몸도 기울어져 그에게로 미끄러졌다. 날개뼈와 손목에 힘을 꽉 주고 팔걸이를 움켜쥐었다. 어떻게든 버텼다. 제발 그만하라고 박차고 일어나고 싶었다. 느슨하게 몸을 늘어뜨리고 있던 M은 나를 흘끗 보더니 영화 중반부터 다리를 오므렸다.

두 시간이 지나고 극장을 나설 땐 온몸이 굳어 있었다. 영화가 끝날 때까지 비스듬한 자세로 펄럭거렸더니 목 뒤가 뻐근했다.

"밥 먹으러 갈까요?"

영화 보고 저녁 먹는 전형적인 데이트 코스를 지키려 M과 망원시장 거리를 걸었다. 골목 끝에 있는 식당까지, 이번에도 길을 잘 아는 M이 나를 이끌었다. 그와 내 팔 사이의 거리는 50센티미터. 노력해도 좁혀지질 않았다. 목소리를 잘 듣기 위해 몸을 살짝 돌리고 걸었다. 나는 조용한 곳에서도 자주 사람의 말과 의도를 놓치기에 주의를 기울여야 했다.

"고향이 제주도라고 해서 함께 와보고 싶었어요. 근데…"

'오빠'라는 뜻을 가진 제주 방언의 간판 아래로 사람

들이 줄지어 서 있었다. M은 미안하단 말과 다리 안 아프냐는 말을 번갈아 했다. 맛집 줄서기는 익숙하지 않았지만, M의 마음이 고마워 한참을 앞에 서 있었다. 휴대폰 잠금화면이 의미 없이 꺼졌다 켜졌다 하고 찬바람에 귀 끝이 빨갛게 아려올 때쯤 오래된 척하는 도르래문이 열렸고 자리가 나왔다.

사람 하나 지나가기 어려울 정도로 테이블이 비좁게 붙어 있어서 M과 나는 참게처럼 뒤뚱뒤뚱 걸었다. 숨을 고르며 등받이에 긴 허리를 기대는 순간, 눈앞에 불이 번쩍했다. M과 내가 동시에 의자를 당겨 앉다가 무릎끼리 충돌했고, 하필 내리 찍힌 내 무릎이 성치 않아 충격이 배가되었다. 비좁은 공간에 덩치 큰 둘을 구겨 넣다 보니 생긴 참사였다.

M의 긴 다리가 낮은 테이블 아래에 툭 튀어나와 있었다. 뭉툭한 무릎뼈가 흉기처럼 단단해 보였다. 비명도 못 지르고 테이블에 코를 처박았다. 무릎을 꽉 쥐고 있으니 손이 떨렸다. 속으로 걸쭉한 욕이 튀어나왔다. 괜찮냐고 묻는 M의 목소리도 귀에서 튕겨 나가 떨어졌다.

몸의 충격이 비슷한 광경을 끌어와 눈앞에 앉혔다. 몇 년 전 사랑에 빠진 나는 그의 얼굴을 보다가 발을 헛

디뎌 계단에서 와장창 엎어졌었다. 하필 맨다리에 원피스 차림이라 쓸린 무릎 주름마다 피가 맺혔다. 놀란 그가 내 몸을 끌어 올려줬을 때도 옷 사이로 느껴지는 체온이 수줍어서 몸이 굳었고, 다리가 엉망이 되었어도 헤실헤실 웃었다.

피를 뚝뚝 흘리는 무릎처럼 마음도 시뻘겋게 물들었다. 냉정하지 않았고 냉정할 수 없었다. 이미 로맨스 수치가 머리끝까지 차올라 어떤 쓰라림도 느낄 수 없었다. 부딪친 무릎이 아파도 웃음 먼저 나오는, 벼락같은 아픔도 산들산들 느껴지는, 내가 아파도 당신이 괜찮은지 물어보는 것이 내가 꿈꾸는 로맨스일 텐데 이번엔 내 무릎만 끌어안았다. 앞의 사람은 미웠고 내 아픔만 아팠다.

아무래도 안 되겠구나. 이게 내 한계구나. 무릎 한 번 부딪친 사소한 문제로 욕이 솟구치는 사이는 로맨스로 발전되긴 너무 멀었고 글러 먹었다. 아픔의 잔상이 남은 자리를 문지르면서 고개를 들었을 때 M은 걱정이 그득한 얼굴이었다. '당신 잘못이 아니에요. 내가 더 미안해요'라고 말하고 싶은 것을 눌러 참았다.

곧, 김이 모락모락 피어오르는 돔베고기와 몸국 한 상이 놓였다. M이 고기 한 점에 제주도의 추억을 곁들일 때마다 나는 그와 갔던 제주 돈가스집을 떠올렸고, M이 국 한 숟갈에 우도 하이킹을 그리워할 때 나는 그가 해파리에 쏘여서 호들갑 떨던 8월의 바다를 그렸다. 멈추지 못하는 상념이 질주해 나갔다.

로맨스는 무리한다고 되는 것이 아니었다. 나는 어떤 사건 앞에서도 과거를 꿰어 현재에 맞추고 있는, 사랑할 준비가 안 된 최악의 상대였다. 이대로라면 관계가 깊어진다 하더라도 죄책감만 쌓일 것이다. 다시 누군가를 만난다면 나의 결핍을 누군가의 결핍으로 남겨두고 싶지도 않았고, 그의 대체물로 남을 이용하고 싶지도 않았다.

지금 내 꼴은 딱 내가 싫다던 일들을 하고 있지 않은가. 집에 가면 반성할 일만 가득할 판이었다. 마음은 곱아드는데 고향 음식은 왜 그리 맛있는지 잘만 들어갔다.

"오늘도 그냥 집에 갈 거죠?"

음식점을 나온 M이 앞서 걷다가 갑자기 몸을 돌려 물었다. 사람 좋은 웃음을 지으며 답할 차례였다.

"커피 한잔하실래요?"

M의 입술 부근이 미묘하게 떨렸다. 울상인 건지 화가 난 건지 세 번째 만남에서도 저 얼굴은 의미를 파악하기 힘들다.

"왜 나랑 술을 안 마셔요?"

"몇 번 말씀드렸는데… 맛이 없어서요."

"못 마셔요?"

"못 마시는 건 아닌데, 정말 맛이 없어서 그래요. 대신 다른 거라면…"

"다른 거 뭐요?"

"음… 좀 걷는 건 어떠세요?"

M의 얼굴은 더욱 복잡해졌는데, 울먹한 눈동자가 품은 의문이 여기까지 데굴데굴 굴러왔다. 솔직해져야 하나 더 숨겨야 하나 고민할 즈음 M이 한숨을 쉬며 휴대폰을 들어 시간을 체크했다.

"저 친구 만나러 가야 할 거 같아요."

"아, 그러시구나."

"지하철 어디로 가는지 아세요?"

"네. 저쪽으로 빠지면 금방 찾을 수 있죠."

"그럼, 안녕히 가세요."

가볍게 인사한 M이 몸을 돌렸다. 상체가 몇 번 경중경중 움직이더니 곧 프로 조깅러의 폼으로 변해 시장 도로를 따라 멀어져갔다. 뒤는 한 번도 돌아보지 않았다.

나는 엉거주춤 앞으로도 뒤로도 가지 못하고 그 자

리에 서 있다가 시장의 명물 찹쌀꽈배기집을 떠올렸다. 정겹고 쫄깃하고 솔직한 맛. 입에 침이 고였다. 지금 시간이면 아직 열었겠지. 나도 M이 멀어진 도로를 따라 빠른 걸음으로 걷기 시작했다.

다가오는 그의 생일은 2

헤어지고 두 번째 그의 생일이었다. 그동안 날뛰던 그리움은 수면 아래로 내려갔다. 친구들에게도 드문드문 꺼내던 그의 이야기를 삼킨 지 오래였다. 내 어둠이 그들에게 따분함으로 변하는 것은 두려웠다.

일기의 주어와 목적어에서 그가 사라지는 날도 생겼다. 그러다 의무감처럼 황급히 잊지 않은 이름을 적어놓고 여전히 나는 그를 기다린다 적었다. 이제 이 사랑은 두 사람이 아니라 한 사람이 써 내려가는 힘 빠진 망상이었고 내가 손을 놓으면 완벽하게 사라질 인연이었다.

정말 오랜만에 SNS에 접속했다. 그가 들어왔다고 알려주는 초록불만 켜져도 영혼이 뭉개지는 것 같아서 아예 멀리했었다. 그가 행복하단 얘길 들어도, 힘들다는 이야기를 들어도 아무것도 할 수 없을 것을 알기에 SNS를 켜는 것은 칼끝을 나에게 들이미는 것과 같았다.

그래도 이런 날, 네가 태어난 날, 모두가 축하를 보내는 이 하루만큼은 풍성한 축복 속에 숨을 수 있지 않을까. 쪼그라든 내 외침을 듣는다 해도 혹시 넘어가주지 않을까. 비겁한 가정법으로 날 안심시켰다.

'생일 축하해. 잘 지내고 있지? 네가 지금 바라고 있는 소망들이 다 이뤄지면 좋겠어. 늘 건강하고 힘내.'

작년에 생일날 나눈 대화 바로 아래, 같지만 새로운 축하가 쌓였다. 너와 나 사이가 '힘내'라는 말로 마침표를 찍을 줄은 몰랐다. 올해는 메시지를 작성하는 동안 불안으로 가슴 뛰던 것이 줄고 잘 지내냐는 말에 담긴 속뜻도 줄었다. 하나씩 줄을 긋다 보면 언젠간 그를 떠나보낼 수도 있다는 희망과 또다시 완벽한 혼자가 될 거라는 절망이 함께 일렁였다.

답장을 보지 않겠다는 맘으로 자기 전에 휴대폰은 무음으로 바꿔놓고 이불을 뒤집어썼다. 잠으로 도망가자.

이번엔 어떤 대답을 듣더라도, 듣지 못하더라도 실망하지 말자. 다짐도 잠시, 1분에 한 번씩 메시지를 확인하고 싶다는 충동에 시달렸다. 낡아빠진 '미련'이라는 단어를 소리 내어 말하고 베개를 꽉 틀어 안았다.

다음 날 아침, 일어나자마자 확인한 액정 위엔 여전히 다정한 그의 메시지가 구명정처럼 떠올라 있었다.

'고마워. 너도 힘내. 너의 하루들이 늘 행복했으면 좋겠어.'

숨이 트이는 기분이었다. 내가 언제까지 너를 사랑할진 모르지만 지금은 이 사랑이 나를 떠나지 않기를 바랐다. 그가 너무 행복해져서 나를 잊지 않기를 바랐다.

오늘도 마음껏 안녕히

요즘 어떻게 지내냐는 안부 메시지에 잘 지낸다고 답해놓고 따로 편지를 씁니다. 하고 싶은 말이 너무 많으면 오히려 삼키게 되네요. 원하는 대답만 해줘서 비겁하단 생각도 들지만 그걸로 당신 마음이 편해졌다면 충분합니다.

　부치지 않은 편지라는 닳은 말은 애달프기도 하지만 오히려 안심되는 것은 왜일까요. 오랜 응석과 그리움에 절절히 앓은 것도 다 예전 일이라고 생각하면 조금 위안되고 작게 슬퍼집니다. 시간이 지나면 잊힌다는 말은 살짝 서글픕니다. 그보단 당신이란 뚱뚱한 옷을 하루씩 벗어나간다는 말이 좀 더 적절하겠네요.

버린다고 해놓고 기억의 옷들은 차곡차곡 쌓여갑니다. 감정의 진폭만큼, 추억들은 유연해져서 지구 끝만큼 늘어났다가 내 밴댕이 같은 마음 정도로 쪼그라들기도 합니다.

당신이 보고 싶은 날은 맘에 들던 상념을 외투처럼 걸치고 맘껏 기뻐하고 슬퍼하겠지요. 버거워서 뒤뚱뒤뚱 걷기도 하고 무거워서 우는 날도 있겠죠. 그래도 나의 옷장이 팔려 가는 일은 없을 겁니다.

당신이라는 무늬는 다채로웠습니다. 여러 색깔과 패턴도 가지고 있어요. 우리의 대화와 순간의 감정들, 날씨와 시간과 무드가 한 줄 한 줄 직조되어 만들어진 옷은 하루하루가 달라서, 나는 스르륵 팔과 다리를 끼우면서 무거운 줄도 몰랐습니다. 설렘에 겨워 둥둥 떠다니느라 숨 차는 줄도 몰랐고요.

당신이 떠나고 땅에 내려앉은 나는 그것이 얼마나 엄청난 중량인지, 당신이 얼마나 호화로웠는지 깨닫고 아차 싶었어요. 무게에 뼈가 부러지겠다 싶던 날도 있었는데, 지금 한 겹씩 벗어낸 당신은 따로 떨어트려 봐도 어

186

쯤 이렇게 아름다운지, 나는 이 추억들을 평생 꺼내 보아도 물리지 않을 자신이 있어요.

이 촉감은 그 여름날 잡은 당신의 팔뚝과 비슷하다고, 이 패턴은 당신과 갔던 커피숍의 테이블보 무늬 같다고, 매일매일이 당신의 어떤 흔적이었다고, 그렇게 온종일 놀 수 있을 것 같아요. 어쩌면 누군가의 추억과 견주어볼지도 몰라요. 엇비슷한 공통점을 찾으며 이런 일이 있었다고 경망스럽게 얘기할지도 모르겠네요. 그럼에도 하나의 옷은 딱 그 주인만 입을 수 있으니 그도 나도 언제나 자신의 추억이 최고라 생각하겠죠.

후배 하나가 조심스럽게 말하더군요.

"미안한 말인데 아직도 그런 사랑을 할 수 있는 게 나는 좀 부러워."

정말로 그런 걸까요. 가슴팍이 쥐어 뜯겨나가서 목으로 심장을 왈칵 내뱉는 것 같은 나날을 버텼는데 말이죠. 이후로도 이러다 죽지 싶은 사랑이 낯설고 부럽다는 낮은 고백을 받았습니다. 그들의 말대로라면 나는 행운아일지도 모르겠네요. 자만하는 마음은 그저 부끄럽고 아주 조금 우쭐합니다.

얼른 벗어나 홀가분하게 다른 사랑을 찾으라는 사람

들 혹은 가여워하는 이들도 있었어요. 이젠 가벼운 사랑을 찾으라고요. 하지만 솜털 같은 관계도 시간이 쌓이면 무거워질 거예요. 당신을 비워내서 그 자리에 다른 이름을 채운다고 그 중량이 사뿐해질까요. 그것보단 묵직한 기억 덕에 납작해진 내 마음이 스스로 온전해지길 기다리려 합니다.

앞으로 또 이런 날들이 온다면 과연 살아낼 순 있을까 골똘히 생각해봤어요. 겁부터 더럭 나는 것을 보니 나는 이제 사랑이라는 무게를 버티기엔 약해진 것이 아닐까요. 다시 그런 순간으로 나를 밀어 넣을 수 있을까요.

여전히 끝나지 않은 사랑을 하는 나는 그 답을 찾을 수 없어요. 조금 더 솔직해지자면 당신과 헤어지고 나는 짝사랑이라는, 맘껏 누리는 사랑을 시작했습니다.

추억의 무늬는 바래지기는커녕 더 세밀해질 수밖에 없네요. 미련이라는 단어로도 감당할 수 없는 마음은 파도와 같아요. 당신이 없어도 살아갈 수 있을 거 같다가도 거기도 가볼 걸, 그것도 먹어볼 것을, 그래도 곁에 있어야 했어, 수많은 가정법을 내세우며 쓸려갔다가 다시 벅차올랐다가 합니다.

내 마음은 나의 것이니 함부로 휘두르지 말라고 서로를 할퀸 날이 있었죠. 당신은 아마 내가 애틋하고 평온하길 바라서 다른 이를 만나 행복해지길 바란단 얘기를 했을 겁니다. 혼자만 그 상황에서 벗어나기 미안했을지도 몰라요. 걱정이야 알겠지만 그런 신경은 써줄 필요 없어요. 누군가에게 떠맡기듯 허둥지둥 당신이란 결여를 메울 생각은 없습니다.

함께 만들었지만 동시에 이 사랑은 온전한 나의 것이기도 합니다. 요즘 나는 꽤 편안합니다. 절대 빼앗길 리 없는 얘기들이 여기 있습니다. 팔리지도 사지도 못할 옷장 속의 이야기들은 당신이 오더라도 가져갈 수 없어요. 이제 그 추억들은 내 마음대로 재단되었습니다.

바람의 틈새만 한 오차도 없이 가봉된 그날들을 마음껏 음미하겠습니다. 자주 쓰다듬고 소진하겠습니다. 그러다 보면 물리고 질려 당신이라는 옷들을 모두 개켜 상자에 담는 날이 올지 몰라요. 어쩌면 언젠가 당신을 잊을지 몰라요. 망각도 어떠한 희망이네요.

쓰다 보니 이 편지는 보내지 못할 것 같아요. 맘 여린 그대는 이 글을 읽으면 쉽게 자책하겠죠. 여전히 당신이 아파하는 일은 하고 싶지 않아요. 그러니 이 편지 위에 나의 사무침을 눌러 봉하겠습니다.

보고 싶다는 진심을 썼다 지우다 보니 종이는 얇아지고 새벽은 헤져갑니다.

이것도 언젠간 예뻐 보일 날 있을 거예요.

그럼 오늘도 마음껏 안녕히.

BGM 권진아 <여행가>

4년. ———————— 외로운 당신에게 외로운 내가

안부

그 사람과 헤어지고 서서히 SNS가 무서워지기 시작했
다. 네가 우리의 흔적을 지울까 겁이 났다. 매일 그의 페
이지에 들어가 커플 사진과 동영상이 그대로인지 확인
했다. 함께한 사진을 지우면 나를 부정당하는 기분이
들 것 같았다.

　이제야 비겁하게 생각했다. 이럴 줄 알았으면 내 페이
지에도 그의 모습을 남길 걸 그랬나. 사진을 올리는 건
싫어, 아직 모두에게 밝히지 말자, 누구의 도마 위에도
오르고 싶지 않아, 라고 너를 서운하게 해놓고.

나는 팔로를 끊을 생각이 전혀 없었지만 같은 마음이란 확신은 없었기에, 자주 그의 프로필에 들어가 우리가 아직도 친구 관계인지를 확인했다. 차단이라도 당한다면 견디지 못할 것 같았다. 다행히 그런 일은 일어나지 않았고 나는 마음껏 그를 염탐할 수 있었다.

일어나면 처음으로 SNS의 게시물들을 엄지로 밀어 올리며 그의 포스트가 발견되진 않을까 기대하면서 두려워했다. 스크롤을 올리고 내리는 것만으로 영혼이 고갈됐는데도 그 행위를 반복했다.

그가 일상 사진을 올리면 글자 하나씩 뜯어보며 보이지 않는 의도를 추측했다. 이 단어가 당신과 나를 이어주는 열쇠는 아닐까. 이 인용구는 나에게 연락해달라는 암호는 아닐까. 단지 한 장의 사진과 한 줄의 일기를 하루 내내 조립했다.

그가 떠난 뒤로 내 글은 얼마나 많은 함축적 의미를 포함하고 있었던가. 청승맞지 않지만 안쓰럽게 보이려 노력했고, 그리움이 가득하지만 당당해 보이려 했다. 미사여구로 꼿꼿해진 내 포스트는 번잡하고 욕망이 드글드글 했다.

헤어지고 올린 모든 게시물은 그를 향한 연서였다. 함

께 걸었던 거리와 맛집 사진, 그가 들었으면 하는 음악, 그가 보길 바라는 영화. 내 심정 같은 남의 창작물 한 구절을 출처와 함께 올려놓거나, 은유로 가득한 문구들을 그려냈다. 하지만 그 말은 내가 한 것이 아니어야 했다. 그가 보라고 올려놓고 보지 않기를 바랐다. 나를 좀 잡아달라고 하고 싶었지만, 손을 내미는 것은 당신이어야 했다. 다시 한 번 선택받고 싶었지만 자존심을 내팽개칠 수도 없었다.

예민해진 머리가 제멋대로 미래를 추측했다. 그가 이 글을 봤을 때 이런 기분을 느낄 거야. 다시 돌아오거나, 나를 더 싫어하게 될 거야. 제멋대로 뻗어 나가는 망상을 제어할 힘이 내겐 없었다.

평범했던 일요일 아침. SNS 피드에 새로운 사진이 올라왔다. 햇살이 가득한 방, 그의 책상에서 턱을 괴고 책을 읽는 옆모습이 앳된 소녀. 나는 카메라를 든 그 사람을 상상했다. 풍경과 인물과 애틋한 무드까지 담아내려 했겠지. 평소 사진 찍는 것을 좋아하는 그답게 오래 집중하고 한 장을 찍었을 거야.

순간, 나를 찍어주던 노란색 일회용 카메라의 짤깍, 맥없는 플라스틱 마찰음을 기억해냈다. 나에게 상처를 주기 위하여 그가 게시물을 올리진 않았을 거다. 그는 충실히 삶을 살고 있으며 새로운 인연이 시작되는 것은 당연하다. 헤어졌을 때부터 언제든 예상할 수 있었던 일이고 불안이 현실이 된 것뿐이다.

자학하듯 댓글까지 읽어 내려갔다. 모두 새로 탄생한 연인을 축하하고 있었다. 내가 이런 글을 보려고 SNS를 하고 있었나, 라는 못난 마음이 들지만 이런 글을 보면서까지 그의 안부를 알고 싶다.

다시는 장거리 연애는 하지 않겠다던 그의 다짐이 떠올랐다. 목소리도 영상도 아닌 당장 껴안을 수 있는 실체가 우리에겐 간절했었다. 이제 그는 그토록 바라던 평범한 연애를 할 수 있게 되었다. 그것이 무척 기쁘면서도 서러웠다. 그는 그의 세계로 나는 나의 세계로. 에이미 와인하우스의 노래 〈Back to Black〉의 화자처럼 나는 내가 만든 어둠으로 돌아갈 시간이었다.

원한다면 그와 단절될 수 있었다. 팔로를 해제한다는 나의 선택만 있을 뿐, 누구의 강요도 없었다. 그 사람과 관련된 어떤 이야기도 듣지 않을 수 있었다. 작은 아이콘 하나만 누르면 됐다.

앱을 켰다. 내가 방문한 걸 아는 것도 아닌데 한참 머뭇거리다 그의 페이지로 들어갔다. 프로필 사진 아래 손톱보다 좁은 직사각형 아이콘. 팔로잉이라 적힌 속이 빈 네모 버튼. 아직 끊어지지 않은 우리 사이. 뒤로 가기를 눌러 그대로 어플에서 빠져나왔다. 그와 내가 연결되려면 조그마한 팔로 버튼이 아직 필요했다. 그 사람의 소식이 불편하다면 내가 SNS를 안 하면 될 일이었다.

그와 이어져 있고 싶어서 나는 모두와 멀어졌다. 처음엔 페이스북, 가끔 그의 영상을 볼 수 있던 스냅챗, 마지막으로는 인스타그램까지 짧게는 며칠에서 길게는 한 달여에 걸쳐 전부 활동을 멈췄다. SNS 아이콘들은 전부 바탕화면 제일 끝에 배치했다. 차마 용기가 없어 지우진 못했다.

첫날부터 죽을 맛이었다. 접속하지 않은 시간에 그가 새로운 게시물을 올리지는 않을까. 연인과 찍은 다른 사진이 올라오지 않을까. 무럭무럭 피어나는 상상들을 끊어내는 것은 고통스러웠다. 휴대폰을 다른 방에 던져두고 찾아오길 반복했다.

습관처럼 SNS 앱을 누르고 싶을 땐 차라리 게임 아이콘을 클릭했다. 머릿속을 텅 비워버리고 싶어서 더욱 말초적인 콘텐츠들을 쑤셔 넣었다. 유머 커뮤니티, 인터넷

쇼핑, 애니메이션, 요리, 드라마와 영화 속 남의 인생들에 파고들었다. 그럴수록 현실을 사는 이들의 이야기는 더 모를 일이 되어갔다.

석 달 정도 지나니 모든 것을 끊어내도 살 만해지고 겨우 평화를 얻었다. 이것을 평화라고 해야 할진 모르겠지만 적어도 그의 사진을 보면서 스스로 베지 않았다. 그래도 속에서 울컥 뭔가 치밀어 오르는 것처럼 그가 무척 궁금하던 날, SNS에 들어가 안부를 확인했다. 그의 사진도 나의 사진도 새로운 연인의 사진도 모두 사라지고 휑했다. 활동도 멈춘 지 오래인 것 같았다.

내가 SNS를 하지 않는 것은 당연하면서 왜 그가 멘션을 올리지 않는 것은 서운했을까. 1년 만에 연락된 생일날 그가 물었다. 요즘 왜 SNS를 하지 않느냐고. 나도 물었다. 너는 왜 하지 않느냐고. 그는 일에 집중하기 위해서라고 말했고 나 역시 비슷한 이유라고 얼버무렸다.

휴대폰만 잡으면 그가 생각나던 시절엔 두려워서 피했고, 네가 글을 올리지 않는 지금은 그곳이 주인이 떠난 축제 같다고 말 못 했다. 나는 지금까지도 솔직하지 못하고 피드는 오늘도 참 빠르다.

SNS를 그만둔 지 4년, 이젠 무슨 말을 어떻게 꺼내야 하는지 숨소리마저 잊은 것 같다. 그래도 내 이야기를 다시 시작하려면, 나를 완전히 가두지 않으려면, 짧은 감정의 온기라도 다른 이와 주고받으려면 또 한 번 사람들의 일상에 휩쓸려야 하겠지.

이건 옳은 결정인 걸까. 자판을 치는 손가락이 한참 머뭇거렸다.

하루 지난 생크림케이크

모양도 맛도 다른 케이크가 차가운 유리문 안에 나란히 전시되어 있었다. 레드벨벳케이크, 당근케이크, 치즈케이크. 기본 중 기본이라는 초코케이크와 생크림케이크도 함께 놓여 있다.

"생크림케이크 제일 작은 거 하나 주세요."

"초는 얼마나 필요하세요?"

"제가 먹을 거라서 괜찮아요."

포장한 상자를 내미는 점원의 목소리에 피로한 따스함이 섞여 있다.

"바로 드시거나 냉장 보관해주세요."

"네, 감사합니다. 수고하세요."

짧은 목인사 뒤에 빵집 문을 열고 나왔다. 딸랑, 배웅하는 종소리가 높고 작다. 괜히 케이크 상자를 눈높이에 들어 확인해봤다. 조악한 종이 손잡이 밑 투명한 비닐 너머로 뽀얀 크림과 딸기가 언뜻 비친다. 내일 먹어야지. 어수선한 냉장고지만 케이크 들어갈 자리 하나 없을까.

아빠는 팔리지 않은 생크림케이크도 꼭 하루 지난 뒤 꺼내주시곤 했다. 오래된 이야기가 되었지만, 우리 집은 빵집이었다. 내 껑충한 키는 모두 밀가루와 우유의 힘이다. "아, 베이커리 하셨어요?" 묻는 사람들도 있지만 나는 여전히 베이커리보다는 빵집이란 단어를 훨씬 좋아한다. 입술을 터트리듯 내는 '빵'하는 파열음도 좋지만, '빵집' 하면 빵이 사는 집이 생각나서 귀엽고 정겹다. 왠지 그쪽이 훨씬 폼 난다.

아무튼 당시 한창 생기기 시작한 프랜차이즈 베이커리들 때문에 고됐어도, 갓 구운 바게트를 사기 위해 아침부터 단골들이 찾아오던 어디서나 볼 수 있는 작은 빵집. 많이 사면 갓 만든 '소보로빵' 하나쯤 얹어주기도 하는 평범한 동네 빵집이 우리 네 가족이 몸을 붙여 사는 삶의 터전이었다.

아빠는 혼자 빵을 만드셨다. 새벽 5시가 되면 어김없이 들리던 작은 기침 소리와 슬리퍼 타박거리는 소리. 드르륵, 닫혀 있는 셔터를 열고 맘모스빵, 단팥빵, 찹쌀도너츠, 식빵과 롤케이크가 새로 놓일 텅 비어 있는 홀을 가로지르면 바로 보이는 작은 주방. 그곳에서 빵들은 하나, 둘, 더운 김을 내며 나타났다.

달그락달그락, 나무 밀대와 둥근 볼이 내려지고 아침 FM라디오 속 활기찬 DJ의 음성. 턱턱, 스테인리스 조리대에서 밀가루 반죽이 아낌없이 치대지고 텅, 달가닥, 소리를 내면서 철판 팬과 오븐이 덜컹거리면 설탕과 소금, 하얀 가루들이 섞인 달큰한 냄새와 우유, 계란 비린내가 물씬.

그때쯤 되면 부엌에서는 치익치익 엄마가 햄 부치는 소리가 났다. 밥통은 달칵, 냉장고가 열렸다 닫히고 도마를 통통 두드리는 경쾌한 리듬. 정제되지 않은 일상의 소음과 냄새들이 작은 집을 소란스럽게 채우면 나는 부은 눈을 껌벅이며 일어났다. 옆을 보면 언제나 동생은 깊게 잠들어 있었다.

슬슬 소리들이 가라앉고 아빠가 밥숟가락을 들면, 물

기 젖은 손을 닦으며 엄마가 카운터에 섰다. 한소끔 식은 빵들을 포장하는 것은 엄마 몫이었다. 비닐 포장지 바스락거리는 소리를 들으며 나는 운동화를 신고 밖으로 나왔다. 구석에 놓인 어제 팔리지 않은 우유크림빵을 집어 들고 건성으로 다녀오겠다 인사한다. 문밖에선 고개를 숙이고 어기적어기적 학교를 향해 걷는, 그런 아침 풍경은 꽤 오래 지속되었다.

그날은 조금 달랐던가. 오후 4시쯤 아빠의 노동이 평소보다 일찍 끝난 토요일, 나는 빵이 만들어지는 주방으로 몰래 들어갔다. 환풍기 옆의 창문 사이로 들어오는 햇살 속에 먼지 같은 밀가루가 떠다녔고, 오래 써서 반들반들 빛이 나는 조리대 위엔 둥글납작한 반죽들이 나란히 얇은 랩을 덮고 누워 있었다. 투명한 막을 콕 누르니 구름 같은 뭉실뭉실한 감촉이 손가락에 달라붙었다.

"발효 중이다."

딱딱한 반죽이 따뜻해지는 이유를 물었을 때 아빠는 대답했다.

"발효가 없으면 빵이 아니지."

발효는 있는 그대로 기다려주는 것. 상처든 기쁨이든 대답이 나오기를 바라는 시간. 효모와 밀가루가 서로를 받아들이고 숙성된 반죽을 뜨거운 불에 구워야 빵이 된다. 나는 그때 우리 네 사람도 가족이라는 틀 안에서 인내의 시간을 견뎌내고 평범하게 살 수 있으리라 믿었다.

그러지 못한 이유를 내가 셀 순 없다. 생각해보면 지금의 나만큼 그들 역시 미성숙했다는 것은 당연한 일이다. 아쉽지만 원망할 마음은 없다. 하지만 그것도 지금의 마음일 뿐. 아직 어렸던 그때의 나와 동생은 한 남자와 한 여자로 살고자 했던 부부의 결정에 대책 없이 휩쓸려갔다.

두 분의 이혼 이후 빵집은 넘어갔고 나와 동생은 이름만 아는 동네로 떠밀리듯 이사했다. 아빠는 두문불출했다. 가끔은 빚쟁이가 집으로 찾아왔고 그를 보는 일도 드문드문해졌다. 두 번째로 이사한 집에서도 떠나야 했을 때, 외할머니 집으로 피신하며 절대로 아빠 같은 사람만은 만나지 말자고 다짐했었다. 그 다짐이 나의 상대를 고르는 기준 첫 번째가 된 것도 같다.

고향을 떠난 엄마와 연락이 닿은 후, 아빠에겐 차마 알릴 수 없었던 이유도 어긋난 관계가 봉합되어선 안 된다는 어떤 본능 같은 거였다. 각자의 입장과 쓰고 남은 추억이 너무 달랐다. 이 관계에서 누구의 희생을 강요할 수 없었다. 억지로 손잡아도 네 명 모두 불행해질 것만 같았다.

대신 내가 그의 자녀로서 누구도 강요하지 않은 책임을 부여받았다. 나는 아빠와 연락하면 자주 속을 다쳤다. 자식 앞에서 작아지는 목소리가 싫었고 그럴 사건을 자꾸 만드는 것도, 자신이 얼마나 비참한지 하소연하는 것도 싫었다. 그와 통화를 끝내면 때로 책상에 머리를 대고 울었고 혹은 허겁지겁 친구를 만나거나 불쌍해지는 사랑에 몰두했다. 그는 날이 갈수록 노쇠해졌고 나는 몸만 자라서 어딘가 결핍된 채로 굳어졌다.

숙성되지 않은 마음은 어른이 된다고 나아지는 것이 아니다. 가깝다고 하여 모든 것을 이해할 수 있는 것도 아니다. 오히려 가깝기 때문에 도망칠 수 없었다. 가족을 원망하는 것이 벌처럼 느껴졌다. 상처 주고 싶어서 상처 입었다. 내가 인격적으로 얼마나 모자란 사람인지 얼마나 냉정해질 수 있는지 그로 인해 처음 알았다.

또한 사랑이라는 말의 모든 의미가 긍정이 아니라는 것도 아빠로 인하여 배웠다. 하지만 지금도 동네 작은 빵집을 지나가거나 갓 구운 빵 냄새를 맡을 때마다, 짧은 스포츠머리를 한 남성의 뒷모습에서 고단한 목주름을 셀 때마다, 그의 애창곡이었던 조항조의 〈만약에〉를 들을 때마다 한때 나와 같은 나이였던 어떤 청년의 모습을 어쩔 수 없이 그리게 된다.

노래를 잘해서 장기자랑 때마다 상을 타 오고 넉살도 좋았던, 한때 잘 나가던 호텔 요리사. 취미로 스포츠댄스를 섭렵했던 풍류 넘치는 사람. 주말마다 가족에게 양념치킨을 먹이던 사람. 사랑하는 법을 잘 몰랐던 사람. 늘 미안해했던 사람. 마지막인지 몰랐던 전화 통화에서 수없이 되풀이했던 말 "넌 이제 나 걱정하지 마라"라며 안심시키던 사람. 그리고 이제 세상에 없는 사람.

나의 미움과 후회, 애증, 바닥이 없는 외로움, 이제야 깨닫는 감사함, 애틋함, 문득문득 햇살 속 밀가루처럼 부유하며 떠올랐다가 가라앉는 기억들. 하나의 문장으로 표현할 수 없는 인간에 대한 연민. 이 모든 재료에 시간이라는 효모가 섞여서 아빠라는 단어는 내 속에서 발효되겠지.

반죽이 완성될 땐 아빠가 말하던 '하루 지난 생크림 케이크' 같은 형태라면 좋겠다.

"사람들은 잘 모르는데, 생크림케이크는 시간이 좀 필요해. 그래야 과즙이 빵에 스며들어서 훨씬 촉촉하고 맛있어."

그 말이 진실인지는 모르지만 혀에 달라붙던 촉촉하다 못해 축축한 단맛을 기억한다. 과일 통조림과 생크림, 딸기에서 나오는 즙이 스민 스펀지케이크. 한 조각 입에 크게 담으면, 숨죽은 진한 단맛에 혀끝까지 아렸다. 덕분에 나는 생크림케이크는 하루 지나 먹는 어른으로 자랐다.

예상외의 시간이 지나야 알게 되는 것들도 있다.

내게 없는 것에 대부분은 당신이 준 것이라 여겨 원망했는데 내게 있는 것의 대부분도 당신이 물려준 것들이었다.

그것으로 이제 충분하다.

여전히 이해하지 못할 물음들은 그대로 남겨놓겠다.

아빠,

사실 모든 것이 아빠 덕분이에요.

나
만
의
귤
까
는
방
법

이 나이 돼서야 과일을 제대로 챙겨 먹기 시작했다. 제
철 과일의 꾸미지 않은 뭉근한 단맛을 알게 된 후로는
어쩔 수 없이 빠져들었다. 인위적인 방법도 첨가물도 없
이 단맛을 바로 느낄 수 있다니, 인생에서 거의 유일하
지 않은가. 맛이 랜덤해도 실망은 잠시다. 삶에 타격을
주지도 않는다. 맛이 있든 없든 영양소는 동일하다. 관
점이 비뚤어졌지만 좋아할 수밖에 없는 이유들이다.

　봄엔 그때그때 싸게 나오는 과일들을 먹는다. 주로 마
트 폐장 시간을 노린다. 쉽게 물러서 그런지 세일 코너

엔 딸기가 제일 많은데 손이 덜 간다. 탱글탱글 예쁘다가 허물어지는 모습이 너무 가녀려 좀 겸연쩍다.

여름엔 참외에 자주 손이 간다. 물컹한 복숭아도 좋아하지만 비싸서 자주 먹기 어렵다. 말복이 넘어갈 무렵, 이제 여름이 잘 익어 느지막이 가을로 접어드는 문턱, 일본 애니메이션에서 '여름이었다'라는 내레이션이 쓸쓸하게 다가오는 그 시기의 참외는 혀로 으깰 수 있을 정도로 나약하고 달다. 그럴 때 산지 직송으로 배달한 5킬로그램 못난이 참외를 냉장고 채소 칸에 채워놓으면 맘이 든든하다.

여름이 더운 숨을 몰아쉬는 저녁, 대충 씻은 참외 껍질을 쓱쓱 벗기고 말랑한 과육을 입에 밀어 넣으며 유튜브를 보곤 한다. 입안의 침이 입천장에 쩍쩍 달라붙는 소리가 나면 한 조각을 더 입에 밀어 넣는다. 할머니가 되어서도 내가 글을 쓰고 있을까. 그건 모르겠지만 그 나이가 돼도 이렇게 참외를 오물오물 씹으며 소일거리를 하고 있지 않을까.

가을엔 사과가 좋다. 사과는 딸기와 참외보다 더 신비한 존재라 깨물기 전엔 맛을 잘 모르겠다. 아삭하고 새큼한 것보다는 버석버석해서 이가 닿기도 전에 바사

삭 부서질 정도로 농축된 당이 느껴지는 과실이 좋다. 사과는 가격이 비싸니 하루에 한 알만 먹는다. 보조개 사과라는 예쁜 이름이 붙은, 들쑥날쑥 상처 난 랜덤 사과를 사다가 홀랑홀랑 까먹는 것도 돈 버는 사람의 호사다. 심지어 오래 밖에 내놓아도 쉬이 썩지 않는 든든함. 자취생에게는 사랑스럽다.

사과는 한 손으로 턱턱 굴려가며 감자칼로 성급하게 껍질을 깎아야 맛이다. 새로 산 책 한 페이지에 사과 한 조각. 그 순간만큼은 괜찮은 사람이 된 것 같다. 물론 좋은 책을 읽으며 집어 먹으면 더 맛나다. 이렇게 아름다운 글이 많은데 나 따위가 어떻게 펜을 잡느냐고 좌절해야 한다. 입맛이 써야 사과가 더 달다.

그리고 겨울. 어김없이 귤. 나는 사람들이 고향 맛집 좀 알려달라면 모른다고 고개 젓는 주제에 쓸데없이 귤에 대한 자부심이 있다. 말 그대로 귤부심의 DNA. 과장을 보태 앉은 자리에서 농장에서 바로 따 온 노란색 컨테이너에 들어 있는 귤 한 무더기도 먹을 수 있다. 어린 시절엔 퉁명스럽고 목소리 큰 동네 할머니들 틈바구니에 끼어 손가락이 노래지도록 귤을 까먹었다.

누구나 자신만의 귤 까는 방법이 있다. 모양이 달라

전부 다르게 대해야 하는 건 귤도 마찬가지다. 작고 웅골진 녀석들은 껍질도 얇아서 손톱으로 살살 달래듯 까야 하고, 모자가 봉긋 솟은 한라봉은 꼭지를 똑 힘을 줘서 먼저 따야 한다. 몸값 비싼 천혜향, 레드향, 황금향 같은 녀석들은 태생이 고급이라 모공도 없고 반질반질하여 촉감이 좋다. 물론 벗기기도 쉽다.

껍질을 까기 전에 열로 벌게진 볼에 과실을 굴린다. 차가운 귤이 체온을 나눠 받아 미지근해지고 새콤하고 쌉싸름한 냄새가 얼굴에 묻으면 엄지를 귤 배꼽에 밀어 넣는다. 단숨에 껍질은 벌어지고 조각조각 나눠진 과육이 드러난다. 이 과정은 아무리 단단한 귤이라 해도 대충 3초에서 10초면 끝난다.

누구나 귤을 맛있게 먹는 방법도 있다. 클래식한 방법으로는 눌러주기가 있다. 외할머니는 집어보니 시겠다 감이 오는 단단한 녀석들은 손가락으로 꼭꼭 눌러주라 하셨다. 귤을 화나게 하라고. 따라 해보니 좀 달콤해지는 것 같아서 요즘도 자주 눌러준다. 또 차가운 것보단 뜨뜻한 귤이 더 단 것 같아 실온에 보관한다. 그래도 너무 시면 일부러 일주일 정도 내버려둔다. 안에서 수분이 마르면서 당도가 높아진다.

이러니저러니 해도 제일 좋은 방법은 계절에 맞게 먹는 것이다. 따뜻한 아랫목이나 전기장판에 배를 깔고 누워 귤 까먹으며 TV나 만화책을 보면 겨울이 사랑스러워진다.

누구나 자신만의 귤 고르는 방법도 있다. 맹맹한 맛을 좋아하는 나는 말랑한 녀석들을 선호한다. 특히 큼직하고 껍질과 알맹이가 붕 떠 있는 것들 위주로 골라 먹는다. 알이 클수록 덜 시큼하단 것이 나름의 축적된 노하우다. 어쩜 그렇게 아무 맛 없는 것만 골라 먹느냐고, 할머니 같다고 말한 것은 동네 친구였던가. 신맛을 싫어하면 나이 들었다는 속설이 있던데 원래부터 애어른이란 소리를 듣고 자랐으니 거리낄 것이 없다.

처음 사과를 깎던 날, 처음 세탁기를 돌린 날, 처음 설거지를 하던 날, 소위 집안일이라고 하는 노동을 경험하던 단계마다 엄마는 내 머리를 쓸어 넘기며 넌 참 어른스럽다는 이야기를 하셨다. 사랑받는 것 같고 누군가 나를 필요로 하는 어른이란 직위를 받은 기분이었다. 그때부터 어른스럽다는 말을 모으기 위해 노력했다.

상대의 구미에 맞게 행동하는 것이 성숙한 사랑이라 깨우쳤다. 연애할 때도 너는 어른스러우니까 괜찮지. 그런 얘기들을 들으면서 나는 못난 어른을 축적하고 있었다. 어른스럽게 행동하면 나를 인정해주겠지, 실망해도 사랑받지 못해도 나는 어른스러우니까 이해하자며 버텼는데. 그런 연애의 결말은 언제나 어른스럽지 못하게 끝이 났다.

'너는 참 어른스럽다'는 말에 숨겨진 뜻 하나가 '순종적이다'라는 표현과 비슷하단 것을 알았다면 그렇게 애어른인 척 살진 않았을 텐데. 이제 와서 포지션을 바꾸는 것도 쉽진 않다.

그 어른스러운 시간들 사이에서 진짜 애처럼 살아온 시간이 없다 보니 자주 서운하다. 이럴 줄 알았으면 맘 놓고 엄마에게 투정이나 부려볼 걸, 옛 연인에게 넌 왜 내 심정을 모르냐고 어리광이라도 부려볼 걸. 그런 표현도 못 하고 훌쩍 커버렸으니 손해 보는 기분 억력하다.

애어른에서 나이만 들어버린 어른아이로 변한 지금도 천성은 바뀌지 않는다. 자주 눈치 보고 좌절하고 주눅 들고 따스한 말을 바란다. 그나마 좋은 것은 이렇게 누구의 참견도 없이 내 돈으로 산 제철 과일을 까먹는 것 정도일까. 겨울에 일을 마치고 집에 돌아와 홀로 귤 껍질을 쌓아놓는 것에 기쁨을 느끼는 나이쯤 되면, 진짜 어른이 되고 싶어 했던 그날들이 인정받고 사랑받고 싶어 했던 투쟁이었구나 깨닫기도 한다.

뒤적거리며 귤 하나를 집었다. 껍질을 벗겨냈더니 무르익은 약한 속살이 보인다. 고단했을 만큼 달아졌을 과육을 입에 넣는다. 예상과 다르게 시큼하다. 볼 사람도 없는데 저절로 억지 윙크가 나온다.

사랑은 가고 신맛만 남았구나.

손톱 끝이 노랗다.

그나저나 제주도 사람으로서 슬쩍 권합니다. 귤 구워 드셔보셨나요. 진짜 맛있어요. 감기에도 좋습니다.

꿈에서 본 너는

진짜 이별의 시기는 언제쯤일까. 이별은 어떻게 알 수 있을까. 서로 안 보고 살면 이별인가. 누군가를 새로 만나면 이별인가. 적당한 시간이 지나면 이별인 걸까. 그게 아니면 꿈에서조차 보이지 않아야 이별인가. 이 글을 다 쓸 때까지도 나는 이별이라는 단어의 적당한 정의를 찾아내지 못하는 건 아닐까.

요즘 매일 그를 향한 글을 쓴다. 가끔은 과거시제, 반과거시제로 지나온 날들을 떠올린다. 그 사람에 대한 생각도 쓰는 만큼 한다. 적을 땐 키보드를 두드리는 만큼,

많을 땐 하루 문득문득 산발적으로 그를 반추한다. 다 습득하고 암기하면 한 장씩 찢어서 버리는 영어사전처럼 함께했던 순간의 조각들을 글 속에 내던진다. 보여줄 수 있을 만큼만 써진 이 이야기가 나로서는 애도의 마지막 의식과 비슷하다는 생각도 든다.

어제는 덕분에 그의 꿈을 꿨다. 침대 위에 앉아 가물한 잔상의 출처를 찾을 땐 떠오르지 않더니, 세수하다 거울에 비친 얼굴을 보다가 꿈에서 널 보았구나 알아챘다. 꿈의 한편에서는 너란 영역이 아직도 존재하는 걸까. 그게 아니라면 달달 외운 감정들을 자꾸 복기하다 보니 툭 튀어나온 걸까. 내 꿈의 어디서부터 어디까지가 너였는지 기억이 나질 않는다. 당신이란 필름도 낡아버린 걸까.

함께하는 동안엔 서로의 꿈을 많이 꿨다. 우린 그곳에서나마 닿으려고 무진 애를 썼다. 헤어진 후 두 사람이 꾸던 꿈은 한 사람의 몫으로 남겨졌다. 나는 남아 있는 너라는 무의식을 소진해야 했다. 진짜 아닌 세상에서도 넌 왜 그렇게 매정한 건지, 늘 나만 절절 속을 끓였다. 한번은 깨어나서 왜 이렇게 매번 냉정한지 항의하고 싶어질 정도였다. 다행히 꿈의 빈도는 천천히 하강했다.

이제 헤어진 기간이 만났던 시간을 넘어섰다. 할당된 양을 다 써버린 건지 꿈에서 그를 못 본 지 꽤 오래됐다. 나도 그가 없는 생활이 익숙해지고 있단 뜻이기도 했다.

때때로 잡지 않은 약속처럼 너는 나타났다. 보고 싶은 날엔 나오지 않고, 보고 싶지 않다고 마음을 몇 번이나 접은 날엔 툭 튀어나왔다. 이불 속에서라도 좀 벗어나고 싶다 했지만, 솔직히 꿈속에 그가 나올 때마다 반가웠다.

기쁨도 슬픔도 없는 무채색 꿈을 꾸며 겨우 편안해지던 참이었는데 이렇게 가끔 네가 들이닥치면 나는 어쩔 줄 모르겠다. 지우는 것을 포기하고 싶어진다. 또 남아 있는 너를 덜어내는 것에 실패한다. 찢어버린 페이지를 주섬주섬 챙겨서 네가 얼마나 예뻤는지를 떠올리며 반짝이던 순간들을 챙긴다. 보고 싶어진다.

감히 너에게서 벗어났다고 생각했고 착각했다. 그래서 너를 계속 꺼내놓는 글을 써도 괜찮을 거라고 자만했다. 괜찮다는 말 자체가 오만이었다.

나는 언제나 너무 더디다.

아직도 이별이 끝나지 않았구나.

둘이 아닌 내가 되었다

7년을 주기로 사람의 몸은 새로운 세포들로 완전히 교체된다는 이야기를 들었다. 그 말이 사실이라면 지금, 이 순간에도 원자들은 변화하며 나를 과거의 의식만 가진 다른 사람으로 개조하는 중이다. 당신을 사랑한 6년의 시간 동안 나는 얼마나 변했을까. 어디까지가 그때의 나이며 어디까지가 내가 아닐까.

그와 헤어졌을 당시엔 '시간이 지나면 잊힌다'는 말이 제일 도움이 안 됐다. 낮엔 잘 버티다가도 밤이 오면 그를 되새김질하며 나는 사랑받았고 사랑했던 존재였다고 내 안을 쓰다듬었다. 누군가를 끔찍이도 바라고 있다는 상태에서 빠져나가기 싫어서 안간힘을 썼다.

내가 선택한 몸과 마음의 고통이 지나가면서 하나씩 포기하는 것들이 생겼다. 모두 그가 준 선물이었다. 근거 없이도 무조건 긍정해주는 응원의 말. 특별하지 않은 일상을 나누는 기쁨. 손잡고 걸어가던 밤. 속삭이던 밀어와 때 아닌 질투. 함께 나눠 먹던 2인분의 식사. 혼자가 아니라는 충만함과 언제든 곁에 있어주는 사람이 있다는 든든함. 마음을 간질이던 깃털 같은 감각은 더이상 내 것이 아니었다. 움켜쥐었던 특권들을 그 사람과 헤어지며 빼앗겼다.

그렇게 나는 무미건조한 나로 돌아갔다. 하지만 분명 난 그와 사랑하기 전의 내가 아니다. 이만큼의 시간이 지나고 보니 잊힌다는 말보단 자연스러워진다, 라는 표현이 조금 더 내겐 들어맞았다. 무리해서 그를 떠올리지도 않고, 무리해서 그를 잊으려 애쓰지 않는다. 자연스럽게 그는 나의 한 부분으로 남아 있다. 문득 그가 떠오르면 이젠 가슴팍을 두드리거나 주저앉지 않아도 괜찮다. 잘 지내는지 궁금해 먼 곳을 바라볼 때도 있지만 아프지 않다. 여전히 그 아이를 좋아하냐고 물어보는 사람들에겐 그런 것 같다고 답한다.

끓어오르던 오만 감정이 다 식어버린 걸까. 스스로 물어보지만 그건 아닌 것 같다. 여전히 그를 생각하면 가슴 한편에서 따스한 잔물결이 인다. 사랑이 오래되면 변하는 것이 아니라 진화하는 것 같다던 누군가의 의견에 동의한다. 마음에 담아두는 것만으로 사랑은 여러 가지 모습으로 말을 건넨다.

만나지 못해도 어딘가에 있는 당신을 민감하게 느낀다. 아무리 채워도 채워지지 않는 허기와 익숙한 한 몸이 된다. 이런 감정도 외로움이라고 부른다면 외로움이란 다정하구나.

가끔은 두렵기도 하다. 그 사람만큼 내게 사랑을 보여주는 이를 다시 만날 수 있을까. 나는 누군가를 또 한 번, 사랑할 수 있을까.

만나는 동안 열렬하게 그를 사랑했고, 그를 탐하는 나를 사랑했다. 다시 그를 만난다고 해도 그날의 나만큼 사랑하진 못할 것 같다. 그렇게 누군가를 앓았던 과거의 나에게 질투를 느낄 때도 있지만, 다시 사랑하는 행운이 생긴다면 그렇게 아프진 않기를 소원한다. 그리고 여전히 그 옆자리는 네가 아닐까 하는 1퍼센트도 안 되는 희망고문의 확률을 받아들인다.

이제 사람의 세포 주기라는 7년이 다 되어가고 있다. 사랑의 주기도 비슷할까. 그동안 난 당신에게 흡수되어 내가 아닌 존재가 된 것 같다. 나라는 사람 위에 당신이 어떻게든 덧붙여진 다른 창조물이 된 것 같다. 이렇게 외롭고 쓸쓸하게 나는 혼자가 되어버렸다. 바람은 이루어지지 않았다.

나는 둘이 아닌 내가 되었다.

언제든 올 수 있는 미래를 향해

고양이 마루가 화장실 좀 치우라고 성질을 바락바락 낸다. 나를 생각하는 이 하나 없는 밤에 쭈그려 앉아 모래를 갈다 보면, 세상엔 나와 고양이 둘, 그렇게 셋만 남겨진 것 같단 생각도 든다.

끊임없이 대화를 시도하는 눈 몰린 '마루'와 늘어진 뱃살로 바닥을 쓸고 다니는 '요루'. 서울과 인천의 골목 출신 두 마리와 바다 건너온 사람 하나가 깊은 밤 한 방을 나눠 가진다.

인간처럼 고양이들의 사연도 살펴보면 구구절절하다.

요루는 다쳐서 하수구에 방치된 것을 지인이 발견해 내게 데려왔고, 전주인의 룸메이트에게 학대당하던 마루는 임시 보호 중 곁에 눌러 살게 되었다. 모든 일이 얼떨결에 일어났다. 언제 잘릴지 모르는 프리랜서가 반려동물이라니 처음에는 기가 찼다. 심지어 두 마리. 그래도 두 쌍의 호박색 눈을 보면 묘연이라는 것이 있는 건지도 모른다고 믿게 된다.

이 친구들 앞에서 나는 제일 솔직해진다. 말이 아닌 몸짓과 뉘앙스로 대화하기에 오해도 하지 않고 추측도 하지 않고 그저 사랑만 주는 우리가 될 수 있다. 내가 그 사람 앞에서 얼마나 수줍어하는지 바보 같아지는지 제일 잘 아는 것도 검은 턱시도를 입은 둘뿐이다.

두 쌍의 눈에 비친 연인은 어땠을까. 나보다 더 너희를 예뻐하던 사람이 떠나고 남은 이의 곁을 지키며 어떤 생각을 했을까. 가끔은 그들의 영혼을 들여다보고 싶어진다.

이제 이들도 각각 열다섯, 열여섯 '묘르신'이 되었다. 서로 한집에서 마음대로 살다가 나도 고양이들도 이만큼 숫자를 얻었다. 나이가 들어간다는 것은 앞으로 함께 있을 시간이 점점 준다는 말이다. 추억은 촘촘해지고 애착은 더욱 강해지는데, 앞으로 같이할 시간은 모자랄 것 같아 조급하고 무섭다.

고양이들은 어떨지 모르나 함께 사는 인간은 이기심만 가득하고 걱정도 되어 작년부터 영양제를 먹이기 시작했다. 매일 한 번씩 츄르와 알약을 한 번에 입에 밀어 넣으면 고양이들은 뭔가 속은 얼굴을 하면서 잘도 먹는다. 그 김에 검은 눈곱들도 떼어낸다. 세심함이 떨어지는 그루밍 덕에 매번 콧잔등에 묻는 정체 모를 까만 때도 지운다. 원래도 안 예뻤던 녀석들인데, 요즘 더 예쁘질 않다.

늘어난 숫자는 몸에서도 드러난다. 요루의 털은 조금씩 빛바랜 갈색이 되어가고, 마루의 등은 아빠의 스포츠머리처럼 흰털로 덮이고 있다. 나이만큼 헐어버린 잇몸에 손을 댈 때마다 발버둥을 친다. 흰 칫솔에 묻은 빨간 핏자국을 볼 땐 서운한 것인지 속상한 것인지 맘이 저릿하다.

얼굴도 행동도 갈수록 아가들이 되어가는데 왜 너희는 나보다 빨리 늙어가는 거니. 너와 나는 이 시간에도 차근차근 끝을 향해 걸어가고 있을 거다. 고양이들에게 인간사란 얼마나 하찮고 나이 따윈 얼마나 가벼울까. 그

걸 알면서도 어리석은 인간만 자꾸 오늘 이후를 상상하고 있다. 이런 식의 사랑은 배워본 적 없다. 귀찮아 짜증을 내다가도 아파 보이면 겁이 더럭 나고, 종일 보채는 것이 부담스럽다가도 자는 얼굴만 보면 맘이 나긋하게 풀어지는, 결국엔 나만 남는다는 사실을 알면서도 멈출 수 없는, 희게 변하는 등털을 쓸며 탄식하는 사랑이라니.

모니터 앞에 앉아 글을 쓰는 지금도 마루는 어김없이 발밑에 자리 잡았다. 목을 쳐들고 하염없이 바라보고 있다. 요루는 등 뒤에 앉아 침묵의 레이저를 쏘며 관심을 달라며 항의한다. 나는 인간의 말로 제발 너희 이러지 말라고, 나중에 이 자리가 허전해지게 만들지 말라고 애원한다.

내가 그러거나 말거나 내일 없는 고양이들은 후회 없이 지금 사랑한다. 볼록렌즈처럼 굴절된 그들의 눈동자에 비치는 내 얼굴은 훨씬 우스꽝스러워 보인다. 이런 복잡하고 못난 인간에게 어떻게 전부를 내맡기는 걸까. 단 한 명밖에 없는 세계라 너희는 인간의 허벅지에 긴 몸을 뉘며 만족스러운 걸까.

맞아. 너희 세상엔 나밖에 없지. 난 그걸 가끔 잊곤 해. 나의 세상에도 너희뿐이야. 언젠가 너희 둘이 고양이 별로 돌아간다면 나는 정말 많이 울 거야. 남은 순간마다 기억할 거야. 하지만 혹시나 다음이란 기회가 생긴다면 제발 나보다 좋은, 온전히 더 사랑해주는 사람을 만나렴. 아니면 그저 자유로워져.

오지 않은 날을 두려워하며 자리에서 일어났다. 바닥에 몸을 붙이고 그들과 눈을 맞췄다. 까맣고 따스한 털뭉치 둘을 양팔 가득 끌어안았다. 짧게 솟아오른 귀들에 대고 속삭인다.

"사랑해. 건강하자."

간지러운지 네 개의 귀가 쫑긋거린다. 작은 심장 두 개가 빠르게 뛴다. 검버섯이 돋아난 표피에 훅 숨을 불어넣고 깔깔대며 옴짝달싹 못 하도록 더 꽉 부여안는다. 또 한 번 귀에 대고 속삭인다. 언어의 껍질이 다 벗겨지고 뭉개져 나의 속내가 너의 말로 들릴 때까지 사랑해. 사랑해. 사랑해.

언젠가 현실이 될 그날, 나의 비뚜름한 사랑은 남아, 너희를 새기겠지. 그때까진 어떻게든 현재를 거머쥘 거라 다짐하며. 지금과 언제든 올 수 있는 미래를 향해 사랑해. 사랑해. 사랑해.

다가오는 그의 생일은 3

앞의 숫자는 달라져도 날짜도 시간도 돌아온다. 올해도 어김없이 그의 생일이 눈앞이었다.

그가 내 곁에 없다는 것을 천천히 알아가는 시간이었다. 3년을 만났고 그보다 오래 헤어졌다. 더는 자학하듯 그의 행복이나 불행을 빌지 않는다. 무엇이 그를 특별하게 했을까. 어떤 이유로 그 사람은 지워지지 않을까. 묻고 또 묻던 날들도 버려졌다. 하지만 짝사랑은 가실 줄을 모른다.

이젠 친구들에게도 숨김없이 여전히 그가 좋다고 말

하는 여유는 가지게 됐다. 안쓰럽게 다독이던 손길과 눈길들의 무게도 가벼워졌다. 하이고, 그렇게 좋냐 묻는 목소리들도 다행히 그를 탓하지 않는다. 솔직히 저건 친구보다 못한 관계라 이야기하더라도 상관없었다.

올해는 홀가분한 사랑을 담아 생일 축하 메시지를 썼다. 나도, 나의 글도 3년째 흔하고 비슷했다.

'생일 축하해. 앞으로의 너의 1년도 따뜻한 축복이 가득하기를. 원하는 일과 바라는 일 전부 이루어지면 좋겠다.'

엄지가 톡, 액정을 누르자 메시지가 전송됐다. 이제부터 그저 홀가분하게 남아 있는 사랑을 그대로 사랑하면 될 것 같았다.

그도 비슷한 마음이었을까. 다음 날 확인한 메시지는 가뿐했다.

'고마워, 잘 지내지?'

내 마음의 무게에 따라서 메시지의 중량도 달라진다. 묵직한 통증은 지나갔다. 토할 것처럼 속을 끓이던 미련의 거품도 크게 걷어냈다. 그래도 여전히 남아 있는 묵은 설렘이 찰랑인다.

'잘 지내. 거긴 어때? 도시가 셧다운 됐단 얘긴 들었

어. 건강 조심하고.'

웬일로 회색 말풍선 안의 줄임표가 금세 뜬다. 그 역
시 나라는 공백 동안 많은 것이 가벼워진 걸까.

'고마워. 한국 소식은 계속 듣고 있어. 너도 건강 조심
해.'

매년 주고받는 이야기는 같았지만 풍기는 뉘앙스가
어쩐지 달랐다. 그 사람 전문가로 산 지 6년이 넘었다.
나는 그의 변화를 눈치 챘다.

눈앞에 놓인 장막이 걷힌 기분이었다. 조심하지 않아
도 말을 고르지 않아도 어색하지 않았다. 서로에게 상처
주지 않을 것 같고 상처를 받아도 괜찮을 것 같았다. 그
생채기마저 웃어넘길 수 있었다. 이제 우린 사랑을 밀쳐
놓고도 이야기를 할 수 있는 준비가 된 건 아닐까. 대화
는 끊길 듯 끊이지 않고 천천히 길게 이어졌다.

'요즘은 어떤 노래 들어?'

그래도 여전히 더 오래 얘기를 끌고 싶던 건 나였기에
조급해 먼저 물었다. 그는 내가 알고 있는 사람 중 음악
취향이 가장 잘 맞는 사람이기도 했고, 그 덕분에 더 쉽
게 가까워지기도 했다.

'난 요즘 테임 임팔라(Tame Impala), 링크 줄게.'

'응. 꼭 들어볼게.'

'넌 뭐 들어?'

'나는 카일 디온(Kyle Dion)이랑 70년대 소울?'

'나도 꼭 들어볼게.'

처음 마음이 맞는다 여겼던 지점을 다시 통과하고 있었지만, 그때의 우리와 지금의 우리는 다르다. 이젠 그가 추천하는 노래들을 들으며 마냥 좋다고 들뜰 수 없다. 어떤 감상도 없이 듣긴 어렵다. 그가 꼭 들어봐야 한다며 보낸 곡들은 벌써부터 슬프기도 하고 복잡하기도 하고 아스라한, 설명하면 흔해지는 노래가 되었다.

이제 이 대화를 끝내야 한다는 것을 그도 나도 알고 있었다. 우리 사이는 다시 사랑이라는, 연애라는 관계로 이을 수 없을 것이다. 만나지 못하는 상태에서 이어지는 엇비슷한 날들은 같은 결과만 반복해 보여주겠지. 그 전엔 보이지 않았을 것들이 보였다. 반복되는 외로움에 그를 또 밀어 넣고 싶지 않았다. 나 역시 비슷한 괴로움에 뛰어들기엔 너무 지쳤고, 겨우 안정되었다.

그래도 혹시.

너와 내가 지금이 아니라 다른 시간에서 사는 같은 그날, 우린 다시 만날 수 있을까. 많은 흑심을 품었기에 더욱더 장난스럽게 물었다. 그가 다 알 마음이었지만.

'나중에 한번 놀러와.'

목소리로는 전하지 못할 진심이 선명하게 채팅창에 남았다. 성격만큼 섬세한 그의 메시지도 또렷하게 채팅창에 남았다.

'또 모르지. 미래를 누가 알겠어.'

마음의 실마리들을 풀어놓고 나도 그도 다음 말을 잇지 못하고 한참을 그 한 줄에 눈을 떼지 못하고 있었다. 이대로 조금만 더 가능성에 머물고 싶었다.

채팅을 시작한 지 어느새 두 시간이 지나 있었다. 그가 먼저 인사했다.

'이제 가봐야겠다.'

'응. 너무 늦었네, 얼른 밥 먹고 준비해야지.'

'그래. 가끔 연락해. 무슨 일 있으면 꼭 말해주고.'

'다시 한 번 생일 축하해.'

'고마워. 이만 가볼게.'

'응. 다음에 봐.'

로그아웃 된 채팅창을 잠시 들여다봤다. 이 끝의 끝까지 올라가면 우리의 시작이 보일 것이다. 1년 뒤에도 나는 이 채팅창에 글 몇 줄을 보태고 있을까. 그렇다면 언제까지 이 이야기는 계속되는 걸까. 난 지나온 시간과 지금의 진심밖엔 알지 못한다.

그와 사랑했던 날들도 좋았고 혼자 그를 생각하는 지금도 좋은 것 같다. 지금이 아닌 그때 마음을 알려면 그때라 칭하는 미래까지 가보는 수밖에 없다. 나쁘지 않단 생각이 들었다.

내 데이터는 새로 쓰인다. 내 마음이 어떻게 나아가든, 그의 마음이 어떻게 흘러가든, 그건 그때 가서 생각하기로 했다.

어떤 모임

사람과 사람이 살을 맞대지 않아도 모든 것을 알 수 있다는 언택트 시대지만, 여건만 된다면 이런 사람들과 모이고 싶단 생각을 해본 적 있다.

벌써 모임의 이름을 짓긴 어려우니 대충 주제를 이렇게 정해보자. 이별한 사람들의 치유 동호회. 외국의 중독자 모임처럼 얼굴도 모르는 사람들끼리 모여 가까운 사람들에게도 하지 못하는 말들을 털어놓는 거다. 얼굴을 보이는 것이 무섭거나 꺼려진다면 오디오 앱 같은 것을 사용해 정기적으로 모이는 것도 생각해볼 만하다. 그들과 나에게 필요한 것은 드디어 바깥으로 내놓는 여린 속살인지도 모르니까.

둘러앉은 사람들은 시계 방향으로 한 명씩, 부끄럽지 않게 부끄럽다 여겼던 토막을 꺼낸다. 이야기는 또렷한 최초의 기억에서 시작한다. 언제 만났는지부터, 그 사람을 만났을 때 느낀 세세한 감정의 솜털까지 털어놓는다. 예를 들어,

"그 사람을 만나고 나선 세상이 총천연색이었거든요. 노래 가사를 들으면, 한 사람 생각밖에 안 난다고 하잖아요. 그런데 그게 맞아. 진짜 그가 서 있는 곳만 다른 초현실세계인 거 같아요. 곁에 가서 발을 딛는데 나도 영화 주인공이 된 거 같고 그랬어요. 그런데 지금은 하늘이 내려앉는 것 같고요. 아무것도 먹지 못하겠고요. 이별 노래만 들으면 우는데, 웃긴 건 사랑 노래를 들어도 슬퍼요. 둘이 좋아했던 때가 생각나서, 이런 내가 웃겨요."

듣던 사람들 역시 부끄럽지 않게 자신의 감정을 그대로 표현해야 한다. 아무 말 없이 그를 안아줘도 좋고 동일화되어 함께 울거나, '나쁜 새끼'라는 추임새를 넣어줘도 좋다. 대신 이야기가 끝날 때까진 아무도 끼어들어

선 안 된다. 이야기가 명쾌하든 흐지부지하든 화자의 입에서 끝맺어진 그제야 모두 하나의 이별 이야기에 득달같이 달려든다. 수다와 조언을 섞어가며 슬쩍 여전히 해소되지 못한 내 사랑의 잔해도 부끄럽지 않게 함께 내놓는 거다.

시간의 도움을 받지 못하는 감정들도 공감이라는 울타리 안에선 묵은 때가 벗겨진다. 그것만으로도 그날 사는 힘을 얻을 수도 있는 것이다. 같은 처지인 사람들이 전하는 같은 결의 이해는, 받는 것만으로도 위로가 되는 법이니까.

우리는 그 자리에서 사랑이 벼슬이냐고 묻는 사람들의 말에 상처 받지 않고, 먹고살 만하니 여전히 실연이나 곱씹고 있단 말에 마음을 억지로 황급히 죽이려 들지도 감추지도 않았으면 좋겠다. 더불어 아무도 이해하지 못한다는 생각으로 스스로를 싸매지 않았으면 좋겠다. 뱉지 못할 사랑으로 가슴이 막혀버린 사람들이 외로운 구덩이에 억지로 자신을 구겨 넣지 않았으면 좋겠다.

이별과 실연. 특히 오래된 미련일수록 그것을 꺼내놓기는 어렵다. 쿨한 것과 건조한 것, 즉각적인 것이 더 주목받는 세상에서 이렇게 질척질척한 말과 복잡한 상처를 꺼내놓는 것 자체가 부끄럽고 나약하다고 여기는 사람들도 있지만, 속으로 아무리 삭여도 없어지지 않는 감정들은 있게 마련이다. 아무리 사라지리라 나아진다 달래도 뜨거운 쇠공을 맨손으로 굴리듯 식지 않고 닿을 때마다 데이는 상처도 있다. 그 해묵은 감정을 비슷한 사람들 앞에서 바깥에 널어놓고 싶다.

마침표를 찍지 못하는 자기연민이라 해도 부끄럽지 않은 나의 마음이다. 사랑에서 벗어나지 못하는 것은 잘못이 아니다. 내가 가장 아름다웠던 시간에 머물고 싶은 퇴보라 해도 그건 그것으로의 의미가 있다. 그러다가 언젠가 그가 더는 그리워지지 않는 날이 온다면 그것 역시도 자연스러운 일이다. 죄책감이 필요 없는 소멸도 있다. 둘이 하던 사랑은 짝사랑이 되어버렸지만 한동안 나를 살게 했던 사람이 헤어졌어도 나를 살게 한다면, 그래도 여전히 그 시간이 나를 지탱하고 있다면, 그것만으로도 그 사랑은 나에게 모든 것을 내어주고 간 거다.

고해성사 같은 시간 뒤엔 참석자들이 준비한 음식을 꺼내놓는다. 비밀을 공유한 사람들이 같은 맛을 나누는 시간이다. 털어놓은 만큼 비어버린 속엔 맛있는 것들을 채워 넣어야 한다. 혀끝의 노골적인 기쁨을 누리며 입으로는 정제되지 않은 거친 말들을 뱉는다. 혹은 아니 그게 뭐 어때서, 내가 사랑한다는데 어쩔 건데, 배짱도 부려가면서. 만찬을 마친 후 이름을 알지 못하는 타인이 우리가 되어 다음의 모임을 기약하며 헤어지고 싶다. 가득한 내일을 두려워하면서, 또 이만큼의 시간이 지나면 조금은 나아지겠지 바라면서.

같지만 다른 이야기들을 나누고 이 세상에 나만 이런 사랑을 앓고 있는 건 아니라는 위안을 받는다면 그날 밤은 덜 쓸쓸하게 잠들 수 있을 것이다.

이런 공상을 하다 보니 궁금해진다. 내가 모르는 어딘가에는 이미 이 같은 모임 하나쯤 있지 않을까. 정말 존재한다면 꼭 초대 부탁합니다. 제 전화번호는….

휘청거려도

똑바로 섰다

제대로 혼자 살기 위해서는 건강이 기본 조건이다. 제일 먼저 신경 써야 하는 건강을 놓쳐 몸이 상한 사람들을 많이 봤다. 혼자라고 아무도 챙겨주지 않는 현실만 탓할 순 없다.

특히 1인가구라면 식사를 소홀하기 쉽다. 아무리 귀찮아도 최소한의 끼니는 챙기기. 매일 한 번은 녹색 채소와 단백질 섭취. 적어도 이 두 개는 쉽지 않지만 지키려 한다. 물론 매번 해먹을 순 없다. 늘 집밥만 먹으며 살라고 하면 퍽퍽하다. 맛있는 음식을 먹고 싶은 것은 사람의 본능인데 혼자라는 이유로 그 기쁨을 놓친다면 슬프겠지. 그렇다고 매번 친구들을 부를 수도 없다. 그럴 땐 혼밥 외식이다.

처음 홀로 식당에 들어갔을 때가 선명하다. 신촌에 있는 설렁탕집이었는데 직원이 몇 명이냐고 물어보기도 전에 손가락 하나를 쭉 펴고 황급히 자리를 찾아 앉았다. 찰나 어색해진 공기에 슬쩍 비참했었던가. 요즘은 내공이 쌓여 식당 문을 열면 주방까지 들릴 목소리로 "한 명이요!" 외친다. 영 익숙해지지 않는 일이지만 배고픔이 밥 한 숟갈을 이길 순 없기에 날이 갈수록 꿋꿋해지고 있다.

운동도 중요한 필수 조건이다. 틈을 내서 운동해야 하는 이유는 갈수록 늘어간다. 컴퓨터 앞에 앉아 있는 시간이 많다 보니 몸의 밸런스가 전체적으로 망가졌고, 예상치 않은 맘고생 다이어트로 바닥 친 컨디션은 돌아올 줄 몰랐다. 몸을 움직인다는 '운동'이란 단어에 얼마나 많은 귀찮음과 수고가 들어가 있는지. 수십 번의 시도와 포기가 모스 부호처럼 그어지고 있었지만, 하고 싶은 일을 포기하지 않을 체력이 필요했다.

홈트라도 시작하자. 무조건 요가 매트부터 펴서 누웠

다. 딱 5분이라도 움직이기만 하면 뭔가 이룬 기분이 났다. 5분은 30분에서 한 시간으로, 하루치의 의욕들은 2년이란 시간이 지나 작은 체력으로 쌓였다.

스트레칭을 시작하면 피부와 근육과 세포가 전부 뻐근해진다. 가지 않는 시곗바늘을 보며 늘 때려치우고 싶다. 익숙해질 만도 한데 매번 새롭게 하기 싫다. 운동은 귀찮은 퀘스트 같다. 부들부들 떨며 이 고통에 완료 체크를 해야 연료가 생긴다. 거친 들숨 날숨으로 과거의 나에게 사죄하며 몸을 뒤틀고 일어난다. 덤벨을 들어 올리면서 오늘치의 나를 헐떡이며 움켜쥔다. 누구의 도움도 없이 내가 나를 획득한다.

숨이 턱까지 차오를 때쯤 루틴이 끝났다. 매트 위에 대자로 누워 그의 얼굴을 떠올려봤다. 널브러진 개구리 같은 이런 모습은 보여주고 싶지 않지만, 굳이 보여주지 못할 것도 없다. 내가 아는 그라면 실망 없이 웃어줄 것이다.

맛있는 것을 챙겨 먹고 그만큼의 운동을 하고 건강이 돌아오니 그가 했던 말과 시선들을 넘겨짚지 않고 오해하지 않을 힘도 생겼다. 처음엔 그가 달라진 내 모습을 보고 싫어하게 될까 두려웠다. 연인이 떠났다는 이유로 몸과 마음을 망가뜨리고 있다는 얘기를 들으면 얼마나 무서울까. 매일 그의 연락을 기다리고, 식사마저 거르는 일련의 행동들은 그의 죄책감만 자극하는 것 같았다.

내가 원하는 건 연민이 아닌 동등함이다. 그가 다시 사랑할 만한 사람이 되자. 이런 단순한 욕구로 울며 숟가락을 들었다. 남을 위한 목적에 '나를 위해서'라는 목표가 추가됐고 이젠 목표가 목적이자 우선순위가 되었다. 그는 가고 없지만 삶은 남아주었다.

오늘도 운동 시간과 식사 목록을 체크했다. 뿌듯함도 적립된다. 조금 더 강해진 내가 가까운 미래를 잡기 위해 무리하지 않고 나아가고 있다.

몸도 마음도 튼튼하고 싶다. 쓸쓸하더라도 단단하게, 매 순간 흔들리더라도 건강하게 살아가고 싶다. 땀에 젖은 매트를 말아 세웠다. 휘청거려도 똑바로 섰다.

외로운 당신에게 외로운 내가 여기 있다고

혼자서 오래 생활하면 목소리는 퇴화하는 걸까. 정제되지 않은 상념에 종일 파묻혀 있다 보면 가끔 머릿속 생각을 언어로 착각한다. 말을 걸기 위해 목을 가다듬는 행동을 잠든 성대를 깨우는 준비운동처럼 여긴 적도 몇 번이다.

어느 순간부터 혼자인 것이 편해졌다. 영화를 보고 커피를 마시고 서점에서 책 좀 읽어야지. 지하 마트에서 할인하는 초밥과 아이스크림을 사서 돌아와 드라마를 봐야지. 하루의 계획을 얼기설기 짜는 과정에 타인이 늘 추가되진 않는다. 사람은 어떤 이유로든 혼자가 익숙해져야 하는 시기가 찾아온다. 누구도 피해갈 수 없다. 처음엔 비어 있는 곁이 낯선 날도 있었지만, 매번 누군가와 감정과 경험을 나눌 수 없다는 사실을 시간을 들여 인정했다.

가끔은 사람을 만난다는 것이 더 외로워지는 과정 같기도 했다. 지금보다 가벼운 나이였을 땐 쉽게 전화를 걸어 약속을 잡았고 헤어지는 것이 아쉬워 감정을 소비하고 나를 속여서까지 누군가를 붙잡고 새벽을 기다렸다. 사람이 늘 고팠고 내 편을 늘리고 싶었다. 늘 누군가의 주변을 맴돌았다. 친구 2나 3, 그게 아니라도 무리에 속해 있고 싶었다. 주위에 사람이 없다면 도태될 것 같아 무서웠다. 영화나 드라마에서 봤던 것처럼 행복한 하이틴 그룹에 소속되길, 안정감을 얻길, 나를 받아주길 간절히 원했다.

무리가 생기면 외롭지 않을 거라고 단정 지었다. 친구가 많으면 그중에 한둘은 나를 평생 받아들여주리라고, 내가 알지 못하는 곳에 숨겨진 깊숙한 외로움을 보듬어줄 거라고 착각했다. 나를 치유해줄 것이라 여겼던 사람들이 그렇게 강하지 않음을, 그들 역시 자신의 외로움을

알아줄 구원자를 기다리고 있고 그것이 내가 아님을 깨
닫는 데는 그리 오래 걸리지 않았다.

　모두 자기 몫의 외로움을 떠안고 어찌어찌 나름의 선
택으로 사는 것이다. 나는 수많은 선택지 중 혼자와 친
해지는 방식을 택했다.

　지금은 말없이 걷는 거리가 서글프지만은 않다. 어떤
날은 공연, 산책, 외식을 혼자 하는 일에도 익숙하다. 둘
이, 셋이 할 수 있는 일을 하나도 할 수 있다는 경험치가
생겼고 감정을 오롯하게 자신에게만 쏟아도 괜찮다는
무한한 자유가 주어졌다. 물론 좋은 일만 있는 것은 아
니다. 갑자기 들이닥치는 심심함이나 공허함, 누군가와
실컷 떠들어대고 싶은 욕구, 후줄근한 옷차림, 귀찮으니
다음으로 미루자고 유혹하는 게으름까지도 온전한 나
의 몫이 되었다.

　점차 혼잣말이 늘고 있다는 것도 하나의 부작용이
다. 냉장고에 마늘 있었나 같은 답 있는 질문을 스스로
에게 직접 육성으로 묻기도 한다. 편의점에서 우유가 없
네, 라고 타령처럼 중얼거리다 식겁하기도 했다. 말을 잊
지 않기 위해 몸이 안간힘을 쓰고 있는 건 아닐까. 오랜
만에 만난 친구 앞에서 주어와 술어가 맞지 않는 소리

를 하다가 나 말하는 법 까먹었다고 실토한 적도 몇 번 있었으니까.

입술을 떼어 내 목소리를 들었다. 누군가의 이름을 다정하게 부르려면 말을 잊어선 안 된다는 생각을 한 새벽이 있다. 그리움을 잊지 않기 위해 노래하는 고래들처럼.

알래스카에 사는 북태평양참고래는 전 세계에 약 360마리만 살아남았다. 수영 속도가 느리고 포획하기도 쉬워 멸종 위기에 처해 있다. 죽은 뒤엔 물에 떠 있다는 고래들은 개체 수가 너무 적어지자 외로움 때문에 노래를 배웠다고 한다. 어딘가에 있을 친구들을 찾아 높고 낮게 외치고 신음을 내거나 재잘거린다고 했다. 이들은 어디에서 외로움을 배워 노래하고 있을까. 선조로부터 내려오는 유전자가 그리워하는 일을 멈추지 말라고 가르쳐준 걸까.

하나둘 사라지고 꺼지는 밤에 거대한 생명들이 노래하는 광경을 떠올린다. 먼 바다로 떠나 다시 돌아오지 않는 친구를 부르며 선명하게 쏘아대는 음파들을 그려본다. 다른 존재를 절실하게 그리는 외로움에 대하여 생각한다.

광대한 자연에 어둠이 커튼처럼 내려오면 고래는 혼

잣말을 한다. 나는 여기에 있는데 당신은 어디에 있느냐고. 어쩌면 메아리가 들려왔을 수도 있겠다. 외로움에 외로움이 말 걸면 바다도 밤도 더욱 까맣게 그을렸을 것이다. 까마득하게 그리워 노래하는 고래의 울음소리를 듣는다면 너무 서러워하지 않겠다. 그들은 바다 너머엔 같은 모습의 또 다른 내가 있을 거라는 믿음으로 입을 연다.

외로운 당신에게 외로운 내가 여기 있다고 화답하기 위해 어색한 혼잣말을 해본다. 아주 작고 보잘것없는 외로움으로 가득하고 혼자가 편해진 나지만, 더욱 외로운 당신이 찾아올지 모르니 여기에 있다고 노래하겠다.

밤은 이미 깊었고 당신은 너무 지쳤다. 언젠가 길 잃은 당신이 헤맬 때 서툰 노랫소리가 들린다면, 바다 위 부표처럼 믿고 따라 와주기를. 언젠가 우리가 만나는 날이 오면 오래된 노래를 멈추게 되겠지. 그럼 따뜻한 차를 앞에 두고 독백이 아닌 대화를 시작하겠다. 그날까진 당신을 부르는 것을 멈추지 않겠다.

마
지
막

인
사

문득 알게 되었다. 수없는 밤과 낮에 너를 복기하는 일
도 그만할 시간이 되었다는 것을.

　내가 알고 내가 앓던 그를 생각하니 흠잡을 곳 없이
예쁘기만 하다. 아무래도 나의 집요한 미련과 잘못을 덧
씌우며 스스로를 헐뜯던 자책이 모두 닳은 것 같다.

　어떻게 사람이 곱기만 할까. 어떻게 사랑이 티끌 하나
없을까. 표백된 것처럼 빛나기만 하는 사랑이라면 거짓
말이란 뜻이 될 텐데. 아무래도 나는 너라는 과거와 너
무 오래 산 것만 같아. 내가 놓지 못하는 그는 오늘의 네

4년

가 아닐 텐데도.

　지금에야 이야기하지만, 거리를 걷다가 이 지구상에
아니, 우주에서 이 순간 그를 생각하는 것은 나밖에 없
을 거라 확신하면서 가슴 뛰었던 날도 있었다. 대단한
발견을 한 것처럼 설레었다. 그의 친구들과 부모님을 제
외하고라도 어쩌면 상상의 주인공인 그가 다른 누군가
를 그리워하고 있었을지도 모를 일인데 어쩜 그리 자만
했을까. 그 찰나, 누구와도 겹치지 않고 그를 제일 바라
고 있을 사람이 나라고 사랑을 성스러운 의무인 양 받
아들였다.

　자신을 가여운 처지에 놓는 행동엔 중독성이 있다.
뒤틀린 자기연민도 묘한 쾌감을 준다는 것을 나는 잘 알
고 있다. 괴로워도 슬퍼도 결국엔 역경을 이겨내고 그
를 지극한 사랑으로 회개하게 하는 주인공으로 나를 포
장했다. 볼품없는 상상력이 닿은 결말엔 해피엔딩이 있
었다. 그런 현실은 없다고 말하면서도 내심 그런 미래를
꿈꿨다.

　마음의 보답을 바라는 시간이 길어지자 사랑은 쿰쿰
해졌다. 업데이트 되지 않는 과거에 머물러, 추억들만 닦
고 또 닦으니 네 앞에 알맹이 없이 빛나는 수식어들만

붙었다. 시간이 갈수록 그가 나에겐 최고의 사람이었다는 답만 출력됐다.

윤이 나는 단어들을 잘 헤집어보니 새롭게 시작하지 않아도 된다는 안도감, 누군가를 다시 만나서 또 다른 관계를 만들지 않아도 된다는 무기력에 취해 있다는 결론이 났다. 나는 오랜 시간 현재를 사는 그를 인정하지 않고 살고 있었다.

하지만 웬일인지 조금씩 그를 제외하는 일상이 많아졌다. 맑은 하늘만 봐도 같이 걷던 거리가 떠오르더니 요즘은 그저 날씨가 좋아 설레는 하루도 가능하다는 것을, 그러니까 문득문득 자리에 서서 그를 떠올리지 않는 하루도 늘어났다. 정확히는 그런 감각을 되찾는 중이다.

슬며시 누군가를 만나고 싶다는 생각도 든다. 내 옆의 사람이 그가 아닐 수도 있다고 체감하기도 한다. 이제 나의 이별은 그가 나 없이 현재를 살아가는 사람임을 납득하고 인정하면서 시작되고 있다. 헤어지고 얼마 안 되어 그 아이가 느꼈다던 감정을 나는 오랜 시간이 지나 어렴풋이 이해하게 되었다. 사랑의 보폭이 너무 다른 탓이다. 드디어 나에게도 이런 시간이 온다는 것이 기쁘면서도 그보다 서글픈 것은 왜일까.

이제 그를 위해서라는 비겁한 변명 대신 오롯이 나를 위해서 다시 사랑을 시작할 수 있을 것 같다. 언제 또 너 같은 사람을 만날 수 있을까. 네가 너라서, 너를 사랑하는 내가 나라서 위안이 되었던 순간들을 기억한다. 살면서 한 번은 말없이도 서로 아는 이런 사람을 만나는구나 살아 있는 몸을 껴안고 안도했었지.

온기의 여운이 길었던 걸까. 나의 망설임만 뱅뱅, 오래도록 그의 곁을 유령처럼 떠돌고 있었나 보다. 이제 제대로 인사할 수 있을 것 같아. 그를 사랑하며 가장 아름다웠고 달떴던 나의 손을 놓을 때가 된 것 같다. 슬퍼하긴 이를까. 이 길고 넓은 우주의 시간에 하찮은 내 사랑의 한 페이지쯤은 남아 있을지 모르니. 겨우 책장을 넘길 시간이구나.

그럼에도 여전히 동경하는 T.

그저 온전히 내가 누리고 가졌던 너만 안고 갈게. 혹여 누군가를 만난다면 네가 흡수된 내가 새로 만날 그에게 나를 떼어줄게. 새로운 사람을 너만큼 사랑하게 될진 모르지만 너와는 다른 모습으로 사랑할게. 만약 그런 이를 결국 만나지 못한다면 나는 네가 담긴 모양 그대로 세상에 상냥히 녹아들게.

그동안 고마웠어. 진심으로.

`BGM` Ryuichi Sakamoto(feat. Sister M)
<The Other Side of Love>

4년

너의 이야기를 쓰려던 건 아니었는데

ⓒ 윤설야

초판 1쇄 인쇄 2022년 7월 7일
초판 1쇄 발행 2022년 7월 20일

지은이 윤설야
편집인 배윤영

디자인 이정민
마케팅 정민호 이숙재 김도윤 한민아 정진아 이민경 우상욱 정유선 김수인
브랜딩 함유지 함근아 김희숙 박민재 박진희 정승민
제 작 강신은 김동욱 임현식

펴낸곳 (주)문학동네
펴낸이 김소영
출판등록 1993년 10월 22일 제 2003-000045호
임프린트 콜라주

주소 10881 경기도 파주시 회동길 210
문의전화 031) 955-2696(마케팅), 031) 955-1933(편집)
팩스 031) 955-8855
전자우편 collage@munhak.com

콜라주인스타그램 @collage.pub
문학동네카페 http://cafe.naver.com/mhdn
트위터 @munhakdongne
북클럽문학동네 http://bookclubmunhak.com

ISBN 978-89-546-3538-7 03810

○ 콜라주는 출판그룹 문학동네의 임프린트입니다.
  이 책의 판권은 지은이와 콜라주에 있습니다.
  이 책 내용의 전부 또는 일부를 재사용하려면
  반드시 양측의 서면 동의를 받아야 합니다.

○ 잘못된 책은 구입하신 서점에서 교환해드립니다.
  기타 교환 문의 : 031) 955-2661, 3580

www.munhak.com